WELF WESLEY · DER WELTRAUMKADETT
Flucht in die Unendlichkeit
Band 5

Ernst - Ulrich Hahmann

Welf Wesley - Der Weltraumkadett

Flucht in die Unendlichkeit

Science-Fiction Roman

BoD
Books on Demand

Bibliografische Information der Deutschen Nationalbibliothek

Die Deutsche Nationalbibliothek verzeichnet diese Publikation in der Deutschen Nationalbibliothek: detaillierte bibliografische Daten sind im Internet über://dnb.dnb.de abrufbar.

Umschlagentwurf und Layout: Ernst-Ulrich Hahmann

© 2021 Hahmann

Herstellung und Verlag
BoD - Books on Demand, Norderstedt

ISBN 9 783752 638554
7,95 Euro

Welf Wesley, ein Deutschamerikaner absolvierte im Jahre 2064 die mehrjährige Ausbildung eines Weltraumkadetten. Sein erster Einsatz, die Teilnahme an der Mission zur Rettung einer Raumschiffbesatzung, die beim Rückflug zur Erde mit einem Asteroiden kollidierte.

Erlebnisreich war sein anschließender Urlaub, den er mit Petra Schneider, seiner Freundin, in Afrika verbrachte.

Kaum zurück auf dem Nordeuropäischen Raketenstartplatz nahm ihn das Leben eines Weltraumkadetten sofort wieder in Anspruch. Diesmal ging es darum, den Spuren der Außerirdischen zu folgen. So führte der Flug des Photonenkreuzers „Temperwind" zum Planeten Venus, denn hierhin führten die Spuren der Außerirdischen. Auf dem Flug zur Venus geschahen dann seltsame Dinge an Bord des Weltraumkreuzers.

Nicht nur auf der „Timperwind", geschahen unerklärliche Dinge, sondern fast zum gleichen Zeitpunkt auf dem Nordeuropäischen Raketenstartplatz Peenemünde. Unbekannte versuchten mit allen Mitteln ihre Spurensuche, zu boykottieren.

Der Sabotageakt eines Mannes im Hintergrund führte dazu, dass der Weltraumkreuzer nicht mehr in der Lage war zu manövrieren. Er raste mit zunehmender Geschwindigkeit hinaus in die Weite des Raumes. Mit annähernder Lichtgeschwindigkeit bewegten sie sich in Richtung des Sternbildes Centauri.

Nach viereinhalb jähriger Flugzeit erreichte der Weltraumkreuzer das Dreifachsystem Alpha -, Beta -, Proxima Centauri. Hier gelang unter Ausnutzung der Gravitationskräfte des Dreifachsystems und mithilfe der diskusförmigen Landefähren der Abstieg auf einen rätselhaften Himmelskörper, der hier seine Bahn zog.

Unbekannte Gefahren erwarteten die Besatzungsmitglieder des Weltraumkreuzers auf einem Planeten, wo die Zeit stehen geblieben zu sein schien. So wie es aussah, hatte es sie in eine Epoche zurück verschlagen, die auf der Erde schon lange nicht mehr existierte - in die Urzeit.

Sie nahmen Kontakt zu den Ureinwohnern auf.

Diese begleiteten sie auf einen Streifzug, der durch die unwirtliche Landschaft des Himmelskörpers führte. Sie entdeckten das Sternenschiff, welches sie „Scout" nannten.

Außerirdische, die bereits vor unendlichen Zeiten die Erde besuchten, ließen es hier auf ihrem Weg in die Unendlichkeit des Universums zurück.

Durch günstige Umstände gelang es Wesley, den gigantischen Kugelraumer in Betrieb zu nehmen.

Eine langersehnte Hoffnung erfüllte sich. Wesley, Sörensen und Weick starteten mit dem Sternenschiff - Richtung Mutter Erde.

Unliebsame Überraschungen warteten nicht nur beim Rückflug des Sternenkreuzers zur Erde auf die Drei. Auf der Erde angekommen mussten sie feststellen, dass Mächte am Werk waren, die die Weltherrschaft an sich reißen wollten. Bei diesen Auseinandersetzungen geriet die Menschheit in Gefahr vernichtet zu werden.

Die Situation zwischen den rivalisierenden Kräftegruppierungen spitzte sich zu. Es kam zur militärischen Machtprobe. Die sich daraus entwickelnde katastrophale Lage zwang die Besatzung des Sternekreuzes, die Erde mit übereiltem Start erneut zu verlassen.

FLUCHT IN DIE UNENDLICHKEIT

Unter dem weitausladenden Ringwulst begann es an sechs verschiedenen Stellen erst rötlich zu flimmern. Dann glühte der wulstige Ring im grünlichen Licht durch die Verwandlung der zugeführten Strahlenmasse in Lichtquanten.

Surrend fuhren die Landestützen ein. Die riesige stahlblau schimmernde Kugel begann zu sinken bis sie nur noch drei, bis vier Meter auf einem Prallfeld über den Erdboden schwebte. Langsam verschwanden die Landestützen in der Außenhülle des Sternenschiffes.

Immer stärker werdendes Beben und dumpfes Grollen tief unter den Kordilleren kündeten den letzten Akt der militärischen Auseinandersetzungen, der sich mit allen Mitteln bekämpfenden, unversöhnlich gegenüberstehenden Kräftegruppierungen, an.

Sollte sich in diesem Moment der Mensch, als einziges bewusst denkende Wesen dieser Erde, selbst vernichten.

Was war nur aus der Menschheit geworden?

Der Entwicklung des wissenschaftlichen-technischen Fortschritts, hatte die Bewusstseinsentwicklung des menschlichen Wesens in keiner Art und Weise Schritt halten können.

Dieses Defizit machte sich jetzt bemerkbar.

Der von Kilaro aktivierte Zünder der Atommine tat seine Schuldigkeit. So unscheinbar wie der metallene Körper auch aussah, verwandelte er sich in diesem Moment in eine explodierende Nuklearwaffe mit ungeheuren Ausmaßen.

In Wesleys Gesicht zuckte kein Muskel. Er lauschte aufmerksam dem Tosen der Antriebsprojektoren, verfolgte mit wieselflinken Augen die Messergebnisse der einzelnen Instrumente. Wie sich selbst zu bestätigen nickte er hin und wieder. Er nahm den Anti-Masse-Generator zur Aufhebung der Gravitation in Betrieb.

Das Aufheulen der Antriebsaggregate erfüllte jetzt den ganzen Schiffskörper.

Den drei Männern in der Kommandozentrale erschien es wie zauberhafte Musik.

Ein Zittern ging durch den riesigen Schiffsleib, als würde er von einer übermächtigen Faust geschüttelt.

Am weitausladenden Ringwulst veränderte sich das grünliche Licht in bläuliches Flimmern.

Erst langsam, fast nur Zentimeterweise, dann aber mit rasch zunehmender Geschwindigkeit hab der Koloss von der Erdoberfläche ab.

Der Blick auf den gigantischen Bildschirm enthüllte das plötzlich nach unten wecksackende Landefeld.

Aus den sechs Stellen im weitausladenden Ringwulst des Kugelraumschiffes waren es zwölf geworden, aus denen es bläulich flimmerte.

Der gigantische Raumer, der fast gelassen von der Erdoberfläche abhob, stieg immer schneller werdend, senkrecht in den kalifornischen Himmel.

Lautes Donnern und Brüllen hüllte das startende Raumschiff ein.

Die vom Schiffskörper verdrängten Luftmassen glühten hell auf, als sie von dem mit voller Kraft arbeitenden Schutzschirm ionisierten und infolge der dadurch entstandenen Leitfähigkeit abgestoßen wurden.

Dort, wo die Welle aus Feuer und Licht aus den Antriebsaggregaten auf den Boden trafen, hatte sich alles zu

Asche pulverisiert und einen kellertiefen Krater in das Erdreich gewühlt.

Weißglühende Feuerglut stieg wie eine Fackel senkrecht empor und schleuderte nach schräg außen einen ringförmigen gezackten Feuerring.

Der Donner der Detonation war so gewaltig, dass Wesley das Gefühl hatte, die Trommelfelle würden ihm platzen.

Rechtzeitig hatte das Sternenschiff von der Erdoberfläche abgehoben und strebte mit zunehmender Geschwindigkeit auf und davon.

Wesley schüttelte bedächtig den Kopf: „Wir haben gewusst, was da auf uns zukommt." Er lehnte sich im Kommandantensessel zurück. „Obwohl wir es nicht glauben wollten."

Minutenlang wechselten sie kein Wort mehr. Stumm sahen sie vor sich hin und kämpften um ihre Selbstbeherrschung. Immer wieder bedrängte sie die Frage: „Warum musste das geschehen?"

Schwarz und unheildrohend bildete sich auf der Erde, über dem Ort des Grauens, ein gigantischer Pilz. Unmittelbar darauf zerriss eine grell strahlende Kunstsonne den Explosionspilz. Mit kaum vorstellbarer Geschwindigkeit dehnte sie sich nach allen Richtungen aus, die schwarze Wolke aufreißend. Mehr als zehn Kilometer schoss das Feuer, der von Menschenhand entzündeten Brandfackel empor. Der hell leuchtende Feuerball übertrumpfte den Schein der Sonne. Es schien, als wären Zehntausende Vulkane auf einmal ausgebrochen.

Alles versank im Feuer und Licht. Es war, als verspüre man hier im Inneren des Raumschiffes den mächtigen Hitzedruck der Strahlung.

Wie gebannt schauten die drei auf den Plasmabildschirm, der deutlich die feuerspeiende Gebirgsszenerie wiedergab.

„Es ist aus“, murmelte Peer Weick vor sich hin.

Das Sternenschiff durchstieß in diesem Augenblick mit 7.910 m/s, einer dahinrasenden blauschimmernden Kugel gleich, die Ionosphäre und schoss, die letzten dünnen Schichten der Atmosphäre hinter sich lassend, in die ewige Dunkelheit des Raumes hinaus.

Ein Hitzesturm von Tausenden Stundenkilometern raste weit unter ihnen über Nordamerika. Verwüstete die Wälder und zerstörte die Städte. Wirbelte Bäume, Menschen und Felsen wie Spielzeug durch die Luft. Die Gluthitze der Feuerhölle brachte das Wasser des Eriesees zum Kochen, verdampfte das Nass der Flüsse und Tieflandströme bis zur völligen Austrocknung.

Verwandelte alles Lebende zu Asche.

Ließ Felsen bersten.

Schmolz aus Erzadern Metall und verbrannte die Erde bis hinab in eine bodenlose Tiefe.

Für die Menschen gab es in dieser Hölle kein Entrinnen mehr, abgesehen von den wenigen, die sich tief in die Höhlen der nahen Berge flüchten konnten.

Obwohl sich das Kugelraumschiff in 400 Kilometer Höhe befand und die 2. kosmische Geschwindigkeit von 11.186 m/s überschritt, wurde es von der gigantischen Druckwelle erfasst und wie ein welkes Blatt durch den erdnahen Raum gewirbelt.

Welf Wesley hatte alle Hände voll zu tun, um den Flug des Kugelraumers zu stabilisieren.

Lauter und lauter tobten die Antriebsaggregate. Aus den zwölf Stellen im weitausladenden Ringwulst waren es inzwischen 20 geworden, aus denen es jetzt bläulich flimmerte.

Krampfhaft klammerten sich die Männer an ihren Sitzen fest, bis das Toben der Elemente nachließ.

Die Druckwelle umlief inzwischen den gesamten Erdball und verkündete überall der Menschheit, was in Nordamerika geschehen war.

Während der *Scout* die Mondbahn weit hinter sich ließ, verwandelten sich der nordamerikanische Kontinent und Mittelamerika in eine Hölle. Es hatte nur wenige Sekunden gedauert und der Erdteil wurde in ein rot glühendes Flammenmeer gehüllt, das mit großer Schnelligkeit den südamerikanischen Kontinent bedeckte.

Mit wachsendem Entsetzen schauten die drei auf das Bild, das ihnen der Plasmabildschirm bot.

Tief unter dem Sternenschiff tobte das Inferno, ausgelöst von der entfesselten Gewalt gespaltener Atomkerne. Ungestüm brach sich die Energie des atomaren Kernprozesses seine Bahn.

Gewaltige Bergriesen wurden von der freigesetzten Urgewalt zerrissen.

Riesige Spalten öffneten sich, aus denen rot glühende Lava an die Erdoberfläche quoll. Breite Lavaströme, über Tausende Grad heiß, stürzten in den Ozean. Dort wo das kalte Salzwasser sich mit der siedenden Lava vermischte, entstand ein ungeheurer Gas- und Dampfdruck.

Ganze Küstenstreifen versanken im Strudel der kochenden Wasserhölle, rissen alles Lebendige mit in den Tod.

Berge und Ebenen, Täler und Schluchten, Häuser und Menschen - nichts entging der grausigen Vernichtungsorgie.

Eine Flutwelle von 200 Metern Höhe hatte sich gebildet und raste nun mit einer Geschwindigkeit von 10 km/h über die Weltmeere und vernichtete alles. Die berghohe, geschlossene Wasserwand rollte unter Donnergetöse weit in das Landesinnere der Kontinente.

Gigantische Wellen überfluteten die Städte und vernichteten alles, was ihnen in die Quere kam.

Trauer schwang in Wesleys Worten, als er vor sich hinmurmelte: *„Die Anunnaki hoben Fackeln empor, mit ihrem grausen Glanz das Land zu entflammen. Rammans Staubwirbel dringt bis zum Himmel empor, jegliche Helle in Düster verwandelnd. Das Land, das weite, zerbrach wie ein Topf.“*

Er hatte mit einem mal einen salzigen Geschmack auf der Zunge - ein sicheres Zeichen dafür, dass er sich dabei die Lippen blutig gebissen hatte.

Sörensen blickte auf, schaute Wesley erstaunt an, denn er hatte die dahin gemurmelten Worte verstanden. „Was sollen die Worte? Bist du etwa unter die Philosophen gegangen?“

„Sind die Worte nicht ein treffender Vergleich für das, was auf der Erde geschieht?“

„Ja! ... Schon! ... Aber ...?“

„Sie stammen vom König Gilgamesch, der zwischen 2700 und 2650 v. Chr. als Herrscher der Sumerer in Südbabylon am Euphrat lebte. Er hat diese auf der elften Tafel seines Heldenepos niedergeschrieben.“

„Wie sich doch die Ereignisse gleichen. Damals waren es sicherlich Naturereignisse, die Katastrophen auslösten. Nur diesmal sind es die Menschen, die mit fanatischer Überzeugung bestrebt waren das Motto *Novus Ordo Seclorum* mit Leben zu erfüllen um eine neue Weltordnung zu errichten.“

„Sicherlich wird mit dem Neubeginn, der der Erdbevölkerung jetzt bevorsteht alles besser“, mischte sich Peer in das Gespräch der beiden, „so wie es sich die Menschheit seit Jahrtausenden erträumte. Es wird die letzte Atomexplosion gewesen sein, die es auf der Erde gegeben hat.“

„Sicherlich ..., sicherlich ..., du Philosoph“, antwortete Wesley in skeptischem Ton.

„Auf jeden Fall werden die Menschen trotz dieser fürchterlichen Katastrophe nicht aussterben, denn wir sind eine zähe Spezies", äußert sich Sörensen optimistisch. „Freilich werden die da unten Jahrhunderte, wenn nicht gar Jahrtausende brauchen, um sich von diesem schweren Schicksalsschlag zu erholen."

„Deine Worte in Gottes Ohr ... Hoffentlich."

„Von allen Naturgesetzen, die in uns wirksam sind, ist wohl der Selbsterhaltungstrieb das eigentümlichste Phänomen. Und dieser wird auch diesmal dafür sorgen, dass die Menschheit nicht ausstirbt."

Die Erde schwebte unter ihnen weg, wie eine in Verschwommenen grün, blau und braun gleißende Murmel. Hinter ihr kam ein grellweißer Tennisball zum Vorschein. Grellweiß von der einen Seite, wo er von der Sonne angestrahlt wurde, und von einem schmutzigen Violett von der anderen Seite - der Mond.

Langsam aber stetig versank die Erde mit ihrem Trabanten im Samtkissen der Unendlichkeit. Sie wurde kleiner und kleiner und schrumpfte auf die Größe einer Kugel zusammen.

Der Rote Planet schwebte wie die brandrote Spitze einer glühenden Zigarre vorbei. Deutlich war die von Kratern und Schluchten zerfurchte Oberfläche, durchzogen von ehemaligen Flusskanälen zu erkennen.

Mit über 16,7 km/sec, und die Geschwindigkeit nahm stetig weiter zu, raste das Sternenschiff durch den Planetenring. Überwand das Schwerefeld der Sonne, in der das der Erde und aller übrigen Planeten eingebettet war.

Und schon durchquerten sie den gefährlichen Planetoiden Gürtel zwischen Mars und Jupiter.

Den Jupiter passierten sie in einem Abstand von 2,4 Millionen Kilometer. Deutlich waren auf dem größten Planeten des Sonnensystems pulsierende Flecke, sonderbare Gebilde von rötlicher Färbung zu erkennen. Die riesige Gaskugel enthielt mehr als doppelt so viel Materie wie alle übrigen Planeten zusammen. In ihm fänden vielmehr als 1.300 Erdkugeln Platz.

Plötzlich tippt Sörensen auf dem Bildschirm, auf einen Punkt in der Nähe des Jupiters und sagt: „Was ist das denn für ein seltsames Gebilde?"

Gleich einer Pampelmuse trieb einer der 16 Jupitermonde durch das All. Gravitationskräfte, beeinflusst durch die Geschehnisse auf der Erde, kneteten den Zwerg regelrecht durch. Vulkanschlote schleuderten Staub und Schwefelgase über Hunderte Kilometer hoch ins All hinaus.

„Wie kann so etwas geschehen soweit von der Erde?"

„Ich weiß es auch nicht" antwortete Wesley. „Vielleicht hängt es damit, dass der Jupiter, nicht nur ein Gasplanet, sondern auch der massenreichste Planet unseres Sonnensystems ist und sein Magnetfeld 10- bis 20-mal stärker, als das der Erde ist."

Da tauchte schon der 3,5 Milliarden Kilometer von der Erde entfernte gewaltige Ball des Saturns vor ihnen auf, der in seiner Größe dem Jupiter nur wenig nachstand. Pechschwarz umhüllte der Kosmos den zweitgrößten Planeten des Sonnensystems mit den deutlich sichtbaren halbliegenden Ringen, grau der Äußere, hellweiß der Mittler und fast durchsichtig der Innere. Der Spalt zwischen mA-Ring und dem B-Ring war deutlich sichtbar. Der C-Ring etwas schwächer. Masse aus Brocken, Bröckchen und staubfeiner Materie wurden hier durch die Gesetze der Fliehkraft und der Gravitation in ständiger Folge um den Riesenplaneten herumgeschleudert. Deutlich sichtbar wanderten die Schatten der Monde als dunkle verschwommene Flecken über die streifige Wolkenbildung des Planeten. Der Schatten des Ringsystems lag wie ein Gürtel um den Äquator.

Es war ein erschütternder, aber dennoch großartiger Anblick.

Seitwärts vom Sternenschiff verschwand der Titan hinter der einzigartigsten aller Himmelserscheinungen. Größer als der Merkur und der Pluto gehörte er zu den Monden des Trabantensystems des Saturns. Er besaß eine dichte Atmosphäre, wie auf der Erde vor der Entstehung des Lebens. Minus 150 Grad herrschten an der Oberfläche.

Flüchtig erschien in der Ferne der Uranus, der in einem blassen grünen Licht schräg vor ihnen im Raum vorbeiglitt. Er schien wie ein Ball durchs Weltall zu rollen, den zahlreiche Einzelringe umgaben. Deutlich zeichneten sich braune Streifen in den dampfenden Atmosphärenschichten ab.

Kurz darauf überquerte das Sternenschiff die Bahn des Neptuns. Den Planeten im Sonnensystem, auf dem die schnellsten Winde wehen sollten und der aus einem festen Kern bestand, um den sich ein etwa 8.000 km dicker Eismantel angelagert hatte.

Ohne nur ein Zipfelchen von den sonnenentferntesten und kleinsten Planeten, den unglaublich kalten und leblosen Pluto zu erblicken, raste der *Scout* aus dem Sonnensystem hinaus.

Die Sonne war zu einem winzigen Stecknadelkopf geschrumpft. Von der Erde war nichts mehr zu sehen. Sie war in die Dunkelheit der Raumnacht versunken.

Eine Erde, auf der die langsam zusammenfallende Glutzone, die Reste der Kordilleren zerschmolz.

Eine Erde, auf die Tausende und aber Tausende Tonnen von Gestein, die von den entfesselten Gewalten in den Himmel gerissen wurden, mit vernichtender Wucht zurück stürzten.

Eine Erde, auf der glühende Gaswolken und heißer Ascheregen lange um die verzweifelt kämpfende Welt kreisen würden.

Eine Erde, wo der aufgewirbelte Staub die Sonne verdunkelt, nicht nur für Jahre. Ohne Sonnenlicht kühlt die Erdkugel ab und eine daraus resultierende Eiszeit sich über die ganze Erde ausbreiten könnte.

Eine Welt, auf der der kulturelle Niedergang in die Barbarei bevorstand, in die Herrschaft der Gewalt und rohen Instinkte. Das Ende von Tieren, Pflanzen und vielen Erdenbewohnern.

Eine Erde, wo der Mensch wieder in Höhlen lebte, erschlagene Tiere aß und seine Herkunft in der Dunkelheit der Vergangenheit versank.

Alles, was der Erde blieb, waren Märchen, Mythen und Legenden, unzusammenhängend, verdreht und unglaubwürdig.

Unaufhaltsam schoss das Sternenschiff in den Weltraum hinaus. Teilchen schneller als das Licht jagten aus den Antriebsaggregaten.

„Hoffentlich begreift die sich neu entwickelnde Menschheit jetzt, dass der Weg zur Vollendung Toleranz, Frieden und Harmonie bedarf."

Peer Weick der sich am Gespräch der Beiden nicht Beteiligte schaute mit glänzenden Augen auf das Panorama des Weltalls, das ihm der Plasmabildschirm jetzt bot.

Dunkelheit, übersäht mit den Silberpunkten flimmernder Sterne.

Da das schwache Nebelband der Milchstraße - geheimnisvolle uralte Namen: Wega, Deneb, Atair. Dunkle Staubwolken teilten die Milchstraße vom Sternenbild Schwan bis zum leuchtenden Schützen, wo das Zentrum der Galaxis lag, ihr Kern, der viele Rätsel aufgab.

Genau in diese Richtung zielte der Kurs der *Scout* umgeben von den hellen Flimmern unzähligen Sternen in die Schwärze des Alls.

Zurück blieb die Erde, auf die der Mensch nur ein Staubkorn in der Wüste des Universums ist oder wahr?

Sie wussten es nicht.

Hinter ihnen versank die Sonne, in der unendlichen Weite des Sternenmeers, deren Heimat die Milchstraße, einer riesigen Ansammlung von Sonnen, eine gigantische Spirale aus 100 bis 300 Milliarden Sternen ist.

Während in der Kommandozentrale des Raumschiffes ein gespenstisches Halbdunkel herrschte, lag der Weltraum mit seinen ungeheuerlichen, unendlichen Ausmaßen in der nachtschwarzen Finsternis, aber übersäht von Myriaden hell leuchtender Sterne, vor ihnen. Eine Welt unerklärlicher Geheimnisse.

Sekunden wurden zu Minuten, Minuten zu Stunden, Stunden zu Tage …

Zwei Wochen nach ihrem Alarmstart von dem heimatlichen Planeten - die Erde gab es Anzeichen dafür, dass sie sich der Lichtgeschwindigkeit näherten.

In der scheinbar völligen Leere des Alls flog das Sternenschiff als kleiner schimmernder Punkt unbeirrt seinen Kurs durch die Endlosigkeit. Das funkelnde Licht unvorstellbar weit entfernter Sterne und Spiralnebel reflektierten sich auf dem kugelförmigen, bläulich schimmernden Metallkörper, der durch die unermessliche Wüste des interstellaren Raumes raste.

Sie hatten die Lichtmauer überwunden. Wie ein Schemen jagte der Kugelraumer durch den Hyperraum. Seine Existenz war mit keinem sinnlichen Begriff mehr zu beschreiben. Er hatte sich aufgelöst in eine metaphysische Unendlichkeit, unsichtbar, unmessbar, weder konkret noch mit mathematischer Größe.

Langsam war das Sonnensystem in den Tiefen des Raumes versunken, und die neue Konstellationen der Sterne verwirrten Wesley mehr, als jede Diskussion über die kosmische Energie, über die Umwandlung von Licht in Energie getan hätte.

Irgendwie steckte der Wurm im Weltbild der modernen Astronomie. Die Weiten des Weltalls blähten sich auf - und keiner wusste warum. Und die Gravitation machte Schwierigkeiten. Die Galaxien rotierten zu schnell. Eigentlich müssten ihre Sterne auseinanderfliegen wie Wassertropfen aus einem Rasensprenger.

Dann waren da Galaxienhaufen. In ihnen bewegten sich die einzelnen Galaxien zu ungestüm. Im Grunde sollen sie sich längst in allen Himmelsrichtungen zerstreut haben. Nur die Gravitationseffekte der Dunklen Materie könnten die Erklärung dafür sein, warum rotierende Galaxien sich nicht zerreißen.

Die Dunkle Materie macht 85 Prozent der Masse des Universums aus. Diese unsichtbare Substanz, die zwar Masse hat, aber nicht mit Licht wechselwirkt, durchdringt das Universum.

Im gedämpften Licht des kreisrunden annähernd 50 Meter Durchmesser großen Raumes, der Kommandozentrale flimmerten zurzeit nur die blauen, grünen und gelben Signale auf der Instrumententafel und dem Steuerpult.

Leises Summen füllte die Stille des Raumes.

Das Blinken der Leuchtdioden und die Instrumentenbeleuchtung spiegelte sich auf den entspannten Gesichtern der Besatzungsmitglieder wider.

Jeder von ihnen hing seinen eigenen Gedanken nach. Nur gut, dass sie nicht im entferntesten ahnen konnten, auf welche kosmischen Anomalien, lange verborgenen Geheimnissen, kostbarer Relikte uralter Zivilisationen und ungeahnte Reichtümer, die wie eine versunkene Schatzkiste in der Tiefe des Weltalls verborgen lagen, sie vielleicht stoßen würden.

Immer neue Gedanken und Pläne waren zwischen ihren Gesprächen und Aktivitäten an Bord des Sternenkreuzers aufgetaucht. Manches davon wollten sie um jeden Preis sofort realisieren. Es ging dabei um Dinge, von denen im Augenblick schon mehr abzuhängen schien als ihr Leben.

Sie waren nicht nur irgendwer. Sie waren drei Menschen, die ein menschliches Gehirn besaßen. Ein menschliches Gehirn, das mit seiner Lernfähigkeit, seiner räumlichen Orientierung und Kreativität, seiner Phantasie und Intuitionen ausweglos scheinende Situationen meistern konnte.

Jahrtausende hat der Mensch gebraucht, um zu erkennen: Im Universum gibt es einen ordnenden Verstand. Nur der Mensch allein, diese erstaunliche Form der Materie, vermag es, sich in bescheidendem Maße die Naturgewalten nutzbar zu machen. Jede Kreatur hängt an diesem traumhaften Augenblick, den wir Leben nennen.

Leises Summen, ein kaum spürbares Vibrieren, das durch den Leib des Flugkörpers ging, war das sichere Zeichen dafür, dass das Raumschiff auf jedes Steuerkommando des Bordcomputers reagierte.

Ungehemmt rasten die überlichtschnellen Teilchen der Antriebsaggregate in das absolute Vakuum hinaus und trieben den Sternenkreuzer mit Überlichtgeschwindigkeit vorwärts.

Die in der Zentrale, herrschende schon fast anheimelnde unheimliche Stille wurde durch, die wie leblos da sitzenden Gestalten der drei Männer, in ihren Konturensesseln unterstrichen.

Die blonden Wimpern unter den buschigen blonden Augenbrauen, der im mittleren Konturensessel sitzenden mittelgroßen, kräftig gebauten Gestalt zitterten leicht.

Plötzlich knackende Geräusche und das prächtig blinkende Farbenspiel bisheriger dunkler Leuchtdioden ließen Sven Sörensen aus seiner Gedankenwelt aufschrecken.

Flimmernde Kurven zuckten über grünlich fluoreszierende Bildschirme.

Hoch konzentriert war er sofort bei der Sache und versuchte, das Geschehen geistig zu erfassen.

Nach dem schrecklichen Geschehen auf der Erde hatte sie diese fluchtartig verlassen müssen, waren mit Überlichtgeschwindigkeit dem Sonnensystem entflohen und in die Ungewissheit des Weltraums hinausgerast.

Dieses entsetzliche Erlebnis steckte ihnen immer noch in den Gliedern.

Mit ihrem jetzigen Flug straften sie dem physikalischen Grundgesetz, die höchste jemals zu erreichende Geschwindigkeit sei das Licht, der Lüge. Mit steigender Fahrt hatten sie mit einer Farbänderung der Sterne, sogar mit einer enormen Verschiebung gerechnet.

Aber dann geschah etwas beim Überschreiten der Lichtgeschwindigkeit, wo mit sie nicht gerechnet hatten.

Das Licht der Sterne verfärbte sich je nach Standort und Entfernung der Sterne. In Flugrichtung herrschte Blau vor, sogar Violett. Hinter dem Raumschiff veränderte sich das rot in Dunkelrot.

Durch die enorm hohe Geschwindigkeit des Kugelraumers wurden die von den Sternen ausgesandten Lichtwellen entweder *angezogen* oder *komprimiert*, wodurch sich die Farbe veränderte.

Die Sicht durch das Kristallglas der Beobachtungskuppel, vor dem Übergang in den Bereich der Überlichtgeschwindigkeit, war atemberaubend schön gewesen. Ungetrübt schweifte der Blick über die Pracht von den vielen Millionen Sternen.

Nur anhand der Instrumente konnte die wachsende Geschwindigkeit festgestellt werden.

Mit dem Überschreiten der Lichtgeschwindigkeit schien der menschliche Geist in ein unendliches Nichts zu fallen.

Der Druck der aus den weitausladenden Ringwulst herausschießenden bläulichen Lichtquanten trieben der *Scout*, das Sternenschiff hinein in das Milchstraßensystem, die Unendlichkeit des Universums.

Die Zeit hatte ihre Bedeutung verloren.

Die auf Hochtouren laufenden Anti - Masse - Generatoren verhinderten jeglichen Beschleunigungsandruck auf die menschlichen Körper und hielten eine erdähnliche Schwerkraft im Raumschiff aufrecht.

Erst die Frage Wesleys: „Haben wir uns etwa in der unermesslichen Weite des Alls verirrt?" riss Peer Weick aus seiner Gedankenwelt in die Wirklichkeit zurück.

„Weiß ich nicht, kann ich dir nicht sagen", antwortete dieser, mit etwas bedrückter Stimme.

Anspannung, Ungewissheit und Unsicherheit beherrschte die Stimmung in der, im gedämpften Licht liegenden Kommandozentrale.

„Mir wird dies alles langsam zu blöd. Kann mir endlich einer sagen, wo wir denn sind?"

„Nun mal langsam mit den jungen Pferden", mischte sich Sörensen in das Gespräch ein. „Seht ihr dort die unzähligen Sterne, die sich zu einem hell strahlenden Gewirr verdichten?"

„Ja, sehe ich", antwortete Wesley.

Peer Weick nickte zur Bestätigung nur mit dem Kopf.

„Das ist das Zentrum der Milchstraße."

Schweigend betrachteten sie das beeindruckende Bild, den samtschwarzen Kosmos mit den fernen Galaxien, die wie ferne Nebelflecken aussahen. Das endlose, düstere, menschenleere Weltall, das voller Sterne war, die wie Brillanten glitzerten, faszinierte und lockte immer wieder die Menschen.

Die zwei waren so vertieft in die Betrachtung der Sternenwelt, dass sie Sörensens Frage einfach überhörten. „Das die Zeit jenseits der Lichtmauer rückwärts läuft, haben wir bereits am eigenen Leib verspürt. Aber gibt es auch ein Jenseits der Lichtmauer?"

„Hallo! ... Habt ihr mich verstanden?“

„Was ist?“, antworteten beide wie aus einem Munde und schauten Sörensen erstaunt an.

„Ich habe euch etwas gefragt?“

Leises Summen füllte die eingetretene Stille in der Kommandozentrale, das Blinken der Instrumententafeln spiegelte sich auf den betreten blickenden Gesichtern der beiden gefragten wider.

Zu einer Beantwortung der Frage kam es nicht mehr, denn ein spürbares Vibrieren ging durch den Rumpf des Schiffes.

„Was war das?“ kam es erschrocken über Peer Weicks Lippen.

„Doch nicht etwa etwas mit dem Antrieb?“ äußerte sich aufgeregt Wesley.

Nur Sörensen, der immer eine Antwort auf seine Frage erwartete, blieb die Ruhe in Person und erklärte den beiden: „Sicherlich ein Bremsmanöver. Die automatische Steuerung funktioniert einwandfrei.“

Genau im Zentrum des großen Bildschirms war in diesem Moment ein funkelnder schimmernder Lichtstreifen aufgetaucht.

Immer häufigere Bremsmanöver verlangsamten den Flug auf Unterlichtgeschwindigkeit.

Aus dem schimmernden Lichtstreifen kristallisierte sich ein winziges flaumiges Bällchen heraus, das zwischen den weit entfernten Sternen zu schwimmen schien, aber nicht dahin gehörte.

„Was kann das sein?“

Wesley verglich den leuchtenden Fussel, dass etwas mit dem Sternenkartenbildschirm. Kontrollierte ob der mysteriöse Punkt sich bewegte, bevor er sich an Sörensen wandte: „Ein Komet, vielleicht auch ein Meteoritensturm ... Es ist noch zu weit weg ... Ich kann es nicht sagen ... Dann fliegt es auch noch direkt auf uns zu.“

„Hoffentlich kein Komet, der einen riesigen Schweif hinter sich herzieht. Wenn der uns erfasst, kann es übel für uns werden. Die Feuerbälle die aus dem blitzenden Schweif des Kometen auf uns fallen würden haben die Wirkung von kleinen Atombomben."

„Nicht so schwarzseherisch, Sven. Ich kann im Moment keinen Schweif erkennen. Und dann was soll das mit den kleinen Atombomben?"

„Und wenn es doch ein Komet sein sollte, sind wir doch gut darauf vorbereitet. Denk an das Abwehrsystem des Kreuzers. Das habe ich euch aber schon einmal gesagt. Ihr wisst, dass das Abwehrsystem des Sternenschiffes unvergleichbar ist", mischte Peer Weick sich in das Gespräch ein. „Außerdem ist die Außenhülle des Kugelraumers nicht aus Pappe, sondern aus einer uns unbekannten Legierung, die bisher allen Ansprüchen gerecht geworden ist."

Beim Näherkommen entpuppte sich der leuchtende Fussel als Meteoritensturm. Waren es die Reste eines vor Jahrmillionen auseinandergeborstenen Kometen und diese rasten genau in der Bahn des Raumschiffes heran.

Der leuchtende Fussel hatte sich zu einem unregelmäßigen Gebilde von etwa einem Meter Durchmesser entwickelt. Dieses großflächige Radarbild auf dem Plasmabildschirm wurde von Minute zu Minute größer.

Zahlreiche Eisensteinbrocken zehn oder zwanzig Kilo Gewicht näherten sich mit der Geschwindigkeit von 40 km/s.

Hier und da begannen sich schon einzelne Fünkchen zu zeigen. Das waren die größten Brocken des Meteoritenschwarms.

Das Beobachtungssystem des Sternenschiffes hatte rechtzeitig mit den ausgesandten elektromagnetischen Erkundungsstrahlen den Meteoritensturm erfasst und sofort die Reduzierung der Fluggeschwindigkeit eingeleitet.

Gleichzeitig mit dem sichtbar werden des Meteoritenschwarms auf dem großen Plasmabildschirm in der Kommandozentrale durchzuckten im selben Sekundenbruchteil mächtige Steuerimpulse, das Abwehrsystem des Schiffes. Angaben über die Entfernung, die Geschwindigkeit und die genau Flugrichtung des Meteoritensturmes jagten in Bruchteilen einer Sekunde durch den Bordcomputer, wurden blitzschnell ausgewertet und sofortige Abwehrmaßnahmen eingeleitet.

Oberhalb der kugelförmigen bläulich schimmernden Außenfläche des Weltraumkreuzers öffnete sich eine kreisrunde Öffnung. Aus dem Inneren stieg langsam eine gepanzerte Drehkuppel empor. Es sah fast so aus, als wenn der Kugelraumer plötzlich eine Warze bekommen würde.

Es war aber keine Warze. Es war eine der Waffenkuppeln, bestückt mit Zwillingsläufen einer Laserwaffe.

Und schon zuckten grellgrüne Strahlen in kurzen Impulsen, aus den beiden vom Bordcomputer gesteuerten kurzen Läufen der Laserwaffen, ununterbrochen in Richtung des Meteoritensturmes. Ohne fremde Hilfe suchten sie sich ihren Weg durch die Weite des Alls und erreichten keine zwei Sekunden später das Ziel.

Unablässig hämmerten die Impulse auf die Gesteinsbrocken.

Sobald das Strahlenbündel mit seiner geballten Kraft den Meteoritenschwarm traf, verdampfte er unter dem Einfluss der Energie der Laserstrahlen, die die Strahlen beim Auftreffen auf die Meteoriten verursachten. Ab und zu glühte ein heller Funke auf, bis nur ein Staubsturm übrig blieb.

Nach kurzer Zeit war das auf dem Bildschirm, durch die Meteoriten hervorgerufene Geflimmer verschwunden.

Wesley, Sörensen und Weick atmeten erleichtert auf.

Für nicht einen Moment lang, nicht einmal für eine Sekunde war das Raumschiff von seinem Kurs abgewichen.

Es zog, als wäre nichts geschehen, seine Bahn ins Unbekannte.

Auch wenn der Kugelraumer sich im Moment verhältnismäßig langsam bewegte, was hieß hier langsam bewegte, flog er einem unbekannten Ziel entgegen.

Aus der unendlichen Weite des Kosmos hatten ab und zu ultrakurze Radiowellen die Kunde von bewohnten Welten zur Erde überbracht. Manchmal mussten diese Botschaften Tausende von Jahren unterwegs gewesen sein. Es gab erste handfeste Verdachtspunkte dafür, dass die Erde mit seinen Lebensformen nicht einzigartig im Kosmos sei. Hoch war somit die Wahrscheinlichkeit bei ihrem unfreiwilligen Flug durch die Weite des Universums auf eine weitere Lebensart, egal auf welcher Entwicklungsstufe diese standen, zu treffen.

Der normale von der Erde aus sichtbare Sternenhimmel war verschwunden. Der Kugelraumer wurde von den leuchtenden Welten eines Haufens derart umschlossen, dass praktisch keine anderen Sterne der Milchstraße mehr zu sehen waren.

Für die Besatzung des Raumschiffes war es praktisch eine fremde Galaxie. Sie hatten die beruhigende Gewissheit, dass sie sich immer noch in ihrem eigenen Milchstraßensystem befanden. Ferner wussten sie, dass der Kugelsternhaufen M22 nur knapp einhundertundzehn Lichtjahre durch maß.

Schweigend starrten sie auf die strahlende Pracht unzähliger Sonnen, die hier nahe dem Zentrum, so dicht beieinanderstanden, dass selbst ein großer Geist verwirrt werden konnte.

Es flammte und zuckte in allen Farben des Spektrums auf dem Plasmabildschirm.

Der Kugelraumer glitt noch immer mit geringer Geschwindigkeit durch diesen Raum und bewegte sich in Richtung des Milchstraßenzentrums.

In der Mitte zog sich der breite schimmernde Streifen der Milchstraße hin.

Im Sternbild der Leier glänzte als heller Stern strahlend die Wega. Nicht so hell, aber gut aus dem matten Schimmern des Sternenmeers hervorhebend, leuchteten verteilt Sterne wie der Atair im Sternbild des Adlers, die Sirrah im Andromeda, der Scheat im Pegasus und Formelhaut im Sternbild Fisch.

Es begann mit einem kleinen Fleck auf dem Bildschirm - ein winziger Ort, der zuerst für einen Beobachtungsfehler gehalten wurde. Aber an derselben Stelle zog sich ein Streifen hin, der auf ein Objekt hindeute, das einwandfrei eine gekrümmte Bahn verfolgte, die es nach Belieben verändern konnte.

Also konnte es sich nicht um einen natürlichen Himmelskörper handeln.

Der Punkt auf dem Bildschirm wuchs; schien es Wesley nur so, denn er starrte ihn lange an, in Ermangeln einer besseren Beschäftigung.

Der Kugelraumer flog unbeirrt seinen Kurs.

Es dauerte eine ganze Zeitspanne, als Wesley sich plötzlich eigenartig fühlte. Die seltsame Sinnesempfindung, die ihn in diesem Moment beschlich, weckte seine ganze Aufmerksamkeit.

Wesley zuckte zusammen, runzelte die Stirn, denn er hatte auf dem Bildschirm den kleinen Fleck entdeckt: „Was ist das denn da für eine seltsame Erscheinung?"

Ein helles Etwas hatte sich zwischen die zahlreichen flimmernden Sterne des Universums geschoben, das nicht in dieses Sternbild gehörte. Dieses helle Unbekannte befand sich bei dem bekannten Stern G 77 in der Nähe des galaktischen Südpols.

„Das ist doch unmöglich", wandte sich Wesley an Sörensen. „Schau mal hin, was da ist." Er zeigte auf den fremden Körper.

„Ich sehe es auch. Kann mir aber nichterklären, was sich da abspielt," antwortete Sörensen, dem ebenfalls das seltsame Objekt, das durch das All herangeflogen kam, aufgefallen war. „Laufend die unkontrolliert herumfliegenden Himmelskörper."

„Der helle Punkt, der fast wie ein Stern aussieht, der direkt auf uns zukommt, muss aus metallhaltigen Stoffen bestehen. Er verändert seinen Kurs, um dann wieder direkt auf uns zu zufliegen. Was kann das nur für ein Flugobjekt sein?"

„Mag das ungewöhnlich sein, egal wie: Die Gesetze der Physik gelten überall im Universum. Und wenn dieser seltsame Flugkörper vor einer Stunde Manöver durchgeführt hat, die ein freifliegender Körper nicht durch führen kann, dann muss es jemand geben, der ihn gelenkt hat", meinte Wesley.

„Vielleicht ist es ein von intelligenten Wesen gesteuertes Raumschiff, das sich unverkennbar nähert", antwortete Sörensen.

Selber erstaunt über seine Worte zuckte er zusammen.

Überraschend, plötzlich ertönen Signale, fremde unverständliche Zeichen, immer wieder unterbrochen durch lauter und leiser werdendes Rauschen aus den Bordlautsprechern.

Wie gespannt starrten die drei in Richtung der Lautsprecheranlage.

Irgendwie hatte es ihnen die Sprache verschlagen. Der Entgeisterung wich zuerst eine große Verwunderung, die in volle Bewunderung, wenn nicht gar in Begeisterung umschlug. Was sie da zu hören bekamen, ertönte leiser, dann mal lauter aus den Bordlautsprechern.

Es klang zauberhaft.

Die Sinnesorgane vermochten die Zeichen, Signale fast nicht zu erfassen, so eigentümlich und anders geartet waren sie.

Unbeweglich saßen sie da und lauschten.

Die fremden Funkzeichen, wenn es welche sein sollten, perlten aufgereiht wie auf eine lange Perlenschnur unaufhörlich aus den Lautsprechern.

Eine freudige Unruhe durchpulste Welf Wesley. Ihm schien, als müssten diese Zeichen, Signale etwas Wichtiges sein.

Vergeblich versuchte er, unter den fremden Signalen ein bekanntes, ein den Peilzeichen ähnliches zu entdecken. So viel fand er heraus, dass der fremde Funkspruch, wenn es überhaupt einer sein sollte, nur aus wenigen, sich ständig wiederholenden Tongruppen zu bestehen schien. Je länger er sie sich anhörte, umso mehr verloren sie ihre Kompliziertheit und umso einfacher kamen sie ihm vor.

Ihre Bedeutung blieb ihm dennoch verschlossen.

Was sollten diese Signale darstellen?

Unerwartet brachen sie ab.

In der Zwischenzeit hatte sich der unbekannte Himmelskörper weiter auf direktem Kurs dem Kugelraumer genähert.

Ihnen blieb nichts anders übrig als abzuwarten und zu zusehen.

Das seltsame Objekt bewegte sich hin und her, kristallisierte sich als ein winziges Lichtkügelchen mit scharf abgegrenzten fluoreszierenden Rändern heraus.

Unruhig schaukelte es auf und nieder, triftete aber allmählich immer mehr nach rechts ab. Dann plötzlich ein Satz auf die linke Seite des Plasmabildschirmes. Dabei kam es immer näher.

„Wenn das, was da heran kommt so weiter fliegt, wird es zur Kollision mit dem Kugelraumer kommen", äußerte sich entsetzt Peer Weick.

Ohne weiter zu überlegen jagte Welf Wesley einen Funkspruch nach dem anderen in Richtung des seltsamen Flugobjektes in das All hinaus: „Hier Raumschiff Erde! … Hier Raumschiff eines Planeten des gelben Sterns, der Sonne … Weichen sie von ihrer Flugbahn ab, ändern sie den Kurs! … Hier Raumschiff mit vernunftbegabten Geschöpfen! … Hier friedliche Wesen! … Geben sie Lebenszeichen! … Wer seid ihr?"

Immer dringlicher, immer lauter wurde Wesleys Stimme. Kalter Schweiß stand ihm auf der Stirn. Seine Unterarme ruhten auf den Armlehnen des Kommandantensessels. Nervös trommelten die Finger über die Tastatur.

Nichts als schweigen, finsteres schweigen.

Wesley faste sich mit der flachen Hand an die Stirn. Wie konnte er nur so dumm sein! Wenn sich da drüben auf dem seltsamen Flugobjekt überhaupt keine Menschen befanden. Sinnlos sich dann mit der Sprache der Menschen verständigen zu wollen.

Außerdem war das Komische an der ganzen Sache, dass das Alarmsystem des Kugelraumes auf dieses seltsame Etwas überhaupt nicht zu reagieren schien.

„Was ist da bloß los? Wenn es Außerirdische sein sollten, warum antworten sie nicht?" äußerte sich Sörensen bedrückt.

„Ich weiß es nicht" antwortete Wesley und zuckte dabei mit den Schultern. „Vielleicht besteht das seltsame Etwas da drüben aus einem Material, das auf unsere elektromagnetischen Wellen nicht reagiert. Wir kennen das von unseren Delta-Jägern, die auf Grund ihrer äußeren Form und ihrem äußeren Anstrich nicht auszumachen waren. Vielleicht ist das so ein Himmelskörper, der aus so einem Material besteht."

„Aber doch nicht hier, soweit von unserer Erde fort und dann noch von Außerirdischen?"

„Du wirst es nicht glauben, weit draußen im Kosmos geht es noch viel wilder zu. Da gibt es Planeten, auf denen regnet es Eisen oder sie bestehen aus Diamanten und Grafit."

„Das da ist doch kein Planet, das da auf uns zukommt. Viel zu klein dafür. Wo ist denn da die Sonne oder das Zentralgestirn, um das er kreisen müsste?"

„Ich meine doch nur."

Und wieder wurde ihre Unterhaltung durch Peer Weick unterbrochen: „Im Kosmos gibt es Planeten, die ihre Sonne verlassen haben. Solche abtrünnigen Himmelskörper sind Planeten, die ganz allein und frei durch das All fliegen. Sie besitzen keine Umlaufbahn um einen Stern. Stattdessen sind sie auf einer endlosen Reise durch die Milchstraße."

„Wie soll das sternlose Dingsda denn heißen? Nomade? Abtrünniges Etwas?" wollte Sörensen wissen.

„Man könnte es ein ungebundenes Objekt planetarer Masse nennen. Das ist pragmatisch, aber unromantisch. Man sollte es einfach *frei fliegender Planet* nennen."

„Du glaubst doch wirklich nicht, dass das dort ein frei fliegender Planet ist?"

„Ich mein doch nur."

„Du meinst immer nur."

Der Kugelraumer hielt seinen Kurs.

Das Lichtpünktchen flackerte im rechten unteren Bildschirmquadrat weiter. Nach knapp einer Stunde waren die oszillierenden Konturen des seltsamen Etwas so weit gewachsen, dass man feste Umrisse des seltsamen Objektes erkennen konnte.

Die fruchtlosen Diskussionen über das seltsame Flugobjekt hatten bei den Dreien zu keinem schlüssigen Ergebnis geführt.

War es ein außerirdisches Raumschiff, besetz mit denkenden Lebewesen oder war es wieder nur einer der unkontrolliert durch das All wandernden Himmelskörper?

Sie wussten es nicht!

Wie ein Blitz durchzuckte es Wesley, Sörensen und Weick, denn sie hatten alle drei im gleichen Moment, denselben Gedanken.

Wesley biss sich dabei vor lauter Aufregung eine Lippe blutig.

Sörensens Finger klammerten sich krampfhaft um die Kante des Steuerpultes, das sie anfingen, weht zu tun.

Nur Weick nahm es gelassen hin.

„Doch etwa Außerirdische?" wie auf ein Kommando sprachen es alle drei gleichzeitig aus und sahen sich dabei mit ungläubig blickenden Augen an.

„Unsinn, wo sollten die hier herkommen?" meinte kurz darauf Peer Weick.

Was war es dann, was ihnen dort Entgegengeisterte und einen Suchstrahl auf sie zu richten schien. Einen Suchstrahl der Energiewellen, die aus unbekannten Teilchen bestanden, aussandte. Diese waren von einer anderen Art, wie die, die der Kugelraumer in die kosmische Finsternis hinausschleuderte.

„Was kann das nur sein?"

„Auch wenn du das noch tausendmal fragts, Welf, ich weiß es nicht", antwortete Sörensen. „Vielleicht ist es doch ein außerirdischer Flugkörper."

„Oder eine Art Himmelskörper?"

Da meldete sich Peer Weick erneut zu Wort: „Hört endlich auf mit euren blöden Diskussionen über außerirdische Flugkörper und fremde Himmelskörper" und unterstrich die kühne Behauptung: „Vielleicht ist dieses winzige Pünktchen im All doch die Erfüllung all unserer Wünsche".

„Wünsche? … Was für Wünsche?" wollte Wesley wissen.

„Das, das dort draußen doch ein Raumschiff, aber nicht irgendeins ist. Sondern es kommt von einem fernen Planeten, aus einer fernen Galaxie, auf der Suche nach ihren außerirdischen Brüdern."

„Red keinen Quatsch!"

Plötzlich verlosch das tanzende Pünktchen auf dem Bildschirm. Die Schwärze des Alls schien es verschluckt zu haben.

Da flammte es erneut auf.

Verlosch abermals.

Einen Augenblick später war es wieder da.

Das Verschwinden und das Wiederaufflackern der Leuchtquelle wiederholte sich in Abständen.

Es sah so aus, als würden Energiewellen unterschiedlicher Frequenz, vergleichbar mit Morsezeichen, gesendet. Klar war nicht, woraus diese Signale bestanden, auf jeden Fall waren sie unbekannt.

Ein fremder Peilstrahl ertastete den Kugelraumer, störte die eigene Ortung.

„Soll das etwa doch ein Raumschiff sein. Aber nein, von der Erde konnte es nicht stammen, dann hätten wir die Signale verstehen, aber mindestens erkennen müssen" murmelte Wesley vor sich hin und schüttelte dabei immer wieder den Kopf. „Ein irdisches kann es nicht sein."

„Es ist ein außerirdisches Raumschiff, ein Raumschiff unbekannter Herkunft, das da im Anflug ist", unterbrach Sörensen Wesley. „Ich kann euch auch sagen warum. Es gibt nur eine einzige Kraft im gesamten Universum, die imstande ist, eine solche Erscheinung zu erzeugen."

„Was soll das für eine Kraft sein? Na rede schon. Spann uns nicht so lange auf die Folter."

„Die Kraft ist das Denkvermögen des Menschen oder menschähnlicher Wesen."

„Du meinst nicht etwa, dass da drüben wirklich ein außerirdisches Raumschiff, mit außerirdischen denkenden Lebewesen auf uns zufliegt?"

„Ganz, genau! Das ist meine Meinung!"

Es gab keinen Zweifel mehr. Das, was dort herangeflogen kam, direkt auf das Kugelraumschiff *Scout* zu, war ein
Raumschiff.

Das fremde Raumschiff begann sich immer klarer abzu-
heben.

Unverkennbar.

Ein Raumschiff unbekannter Herkunft war im Anflug.

Es schwieg auf jede Anfrage.

Würde es vorbeifliegen?

Kam es in friedliche Absicht oder war es auf kriegeri-
sche Handlungen aus?

Wesley schaltete vorsichtshalber das Abwehrsystem
des Kugelraumers auf Betriebsbereitschaft.

Gleichzeitig tobten in ihm die widersprüchlichsten
Empfindungen und Überlegungen.

Durfte er, wenn sie angegriffen würden, die Laserwaffen einsetzen?

War es überhaupt möglich, dass in den Zylinderraumschiff Lebewesen waren?

War es überhaupt denkbar, dass solche Wesen, die die
Raumfahrt besser zu beherrschen schienen als die Menschen, feindliche Handlungen begehen konnten?

Würden die anderen angreifen, so stand ihnen das Recht
zu, sich zur Wehr zu setzen.

Nach einer weiteren Stunde gelangte die bisher verdeckte Seite des im Sternenlicht matt schimmernden Flugkörpers ins Gesichtsfeld.

Hier in der kosmischen Heimat der Menschen, dem
Milchstraßensystem, deren Sternenscheibe sich auf über
rund 120.000 Lichtjahre erstreckte, in das bisher niemals

ein Raumschiff der Erde gelangte, konnte es nur ein Raumschiff aus einer anderen Welt, einer anderen Galaxie sein.

Wie würden die Außerirdischen aussehen?

Etwa so wie es die Ufo-Berichte schilderten. Die dort beschriebenen Außerirdischen glichen zumeist in verblüffender Weise den Erdmenschen: etwas zarter gebaut zwar mit Wasserköpfen, ansonsten wie die Menschen mit vier Gliedmaßen und freundlichen Bambi-Augen.

Plötzlich sprachen die elektromagnetischen Wellen des Fernradars der *Scout* an.

Jetzt durfte keine Sekunde mehr verloren werden.

Rasch waren die Plätze vor den einzelnen Kommandopulten eingenommen und die drei bereiteten sich blitzschnell auf das vor, was da auf sie zukommen könnte. Sie waren bereit, alles bis aufs Letzte zugeben.

Wenn das entgegenkommende Raumschiff ebenso schnell war, wie ihr eigenes, dann näherten sich die beiden approximativ mit einer Geschwindigkeit von über 2.000 Kilometer in der Sekunde.

Jede Minute kamen sie sich 120.00 Kilometer näher.

Wesley verfolgte aufmerksam die Flugbahn des fremden Raumschiffes auf dem riesigen Plasmabildschirm an der Stirnseite der kreisrunden Kommandozentrale.

Die Flugbahn bog nach links ab und ging in eine Kreisförmige über, die in einer Spirale mündete.

Das unbekannte Schiff hatte mit seinem Bremsmanöver begonnen, als die Hälfte der Entfernung zurückgelegt war.

Immer langsamer werdend in ihrer Geschwindigkeit, durch die in kurzen Abständen eingeleiteten Bremsmanöver, nähernden sich die beiden Schiffe.

Wesley, Sörensen und Weick versanken trotz der auf Hochtouren arbeitenden Anti - Masse - Generatoren, tief in ihre Schalensessel. Eine leichte Ohnmacht ließ sie, die weiteren Vorgänge zunächst wie durch eine diffuse Nebelwand wahrnehmen.

Das außerirdische Raumschiff kam näher und näher. Sein Heimatland irgendein fremder, ferner Stern in der unermesslichen Weite des Universums.

Es waren keine Stichflammen bremsender Triebwerke zu sehen, und doch verlangsamte sich der Flug immer mehr.

Unermesslich riesig sind Raum und Zeit, welche bewohnte Welten voneinander trennen. Bisher waren sie überdies unüberbrückbar gewesen.

Jetzt aber war die Gelegenheit und der Beweis nahe, dass sich Menschen mit anderen Wesen des Kosmos treffen könnten.

Die drei in ihren Schalensesseln konnten wieder klar denken und nahmen mit aller Deutlichkeit wahr, was in diesem Moment geschah.

Erstaunt schaute Wesley auf den Bildschirm und sagte mit zögerndem Unterton in der Stimme: „Sind wir wirklich die ersten Menschen von der Erde, die den Kontakt mit Außerirdischen aufnehmen. Ich kann es nicht glauben. Werden wir ihnen bald von Angesicht zu Angesicht gegenüber stehen?“

„Das sieht ganz so aus“, erwiderte Peer Weick. „Es werden andersdenkende Wesen sein, Lebewesen wie wir sie kennen allerdings nicht. Aber es sind denkende Wesen und sicherlich lassen sich mit der Kette unserer und ihrer Gedanken und des Schaffens über die Untiefen und Klüfte des endlosen Weltalls Verbindungen herstellen. Verbindungen, bei denen sich andersdenkende Wesen des Kosmos die Hand zum Freundesgruß reichen.“

Erstaunt schaute Sörensen Peer Weick an: „Du entwickelst dich immer mehr zu einem richtigen Philosophen.“

„Was mich interessiert“, meinte Peer Weick, „wie werden jene Unbekannten aussehen? Ob sie wohl furchteinflößend und grauenerregend für das menschliche Auge sind oder ohne fehl und großmütig? Hegen sie friedliche Absichten?“

„Denkende Wesen aus einer anderen Welt, die es geschafft haben, den Kosmos zu bezwingen können nicht wie Monster aussehen. Vernunftbegabte Wesen brauchen keine Hörner. Wie sie aber in Wirklichkeit aussehen werden wir sicherlich bald erleben!" meinte Wesley.

„Was sie denken und ob sie friedlich sind, wir wissen es nicht. Wir können nicht ahnen, was in den Köpfen fremdartiger Wesen vor sich geht. Wir können uns nur überraschen lassen", war die Meinung von Sörensen dazu.

Immer wieder versuchte Wesley mit dem fremden Raumschiff Verbindung aufzunehmen.

Vergeblich.

Zwischen den beiden Flugkörpern lag eine Entfernung von ungefähr vier Millionen Kilometern. Es würde bei gleichbleibender Annäherungsgeschwindigkeit acht Stunden oder etwas weniger bis zum Zusammentreffen der beiden Weltraumkreuzer dauern.

Das fremde Raumschiff war jetzt deutlich zu erkennen.

Als sich der Flugkörper auf 1.000 Kilometer, bis auf wenige Minuten genähert hatte, gab Wesley seine Bemühungen auf eine Verbindung zu den Fremden herzustellen.

Der Fleck auf dem Bildschirm hatte nach und nach die Gestalt eines Zylinders angenommen, 300 Meter lang mit einem stumpfen, halbkugelförmigen Bug. Eine andere Form wie die, des Kugelraumers *Scout*.

Die Geschwindigkeit, der beiden Flugkörper wurde immer langsamer, bis sie zum Stehen kamen.

1.000 Meter voneinander entfernt hingen jetzt der *Scout* und das außerirdische Raumschiff, das wie ein Walzenraumschiff aussah im luftleeren Raum, wo es kein *oben* und kein *unten*, kein *rechts* und kein *links* gab, umgeben von der eisigen Nacht der kosmischen Unendlichkeit.

Das Zylinderraumschiff hüllte sich in finsteres, drohendes Schweigen. Wenn auch nur langsam schob es sich immer näher an den Kugelraumer heran.

Die Besatzung der *Scout* wartete, von der Aufregung benommen, was geschehen würde.

Atemlose Stille herrschte in der Kommandozentrale.

„Nanu was ist denn das?" rief Peer Weick plötzlich erstaunt.

Im selben Moment bildete sich ein leuchtender Ring in der Mitte des blendend weißen Zylinders. Er verdichtete sich, wurde undurchsichtig und begann, um die spiegelnde Metalloberfläche des Schiffskörpers zu rotieren.

Der Kreis um die Mitte des gegenüber liegenden Raumers leuchtete jetzt blau.

„Was geschieht da drüben?" wandte sich Wesley an Sörensen.

Nur Schulterzucken.

Die Wände einer Sektion des nahtlos gefügten Zylinderraumschiffes glitten auseinander. Der dunkle Raum dahinter füllte sich mit Helligkeit. Aus der entstandenen Öffnung fuhr eine Plattform heraus.

Drei Gestalten in orangenfarbenen Skaphandern traten aus dem Inneren des Schiffes.

„Soll das etwa, die Besatzung des außerirdischen Raumschiffes sein …, Außerirische …, kaum zu glauben!" kam es zögerlich über Peer Weicks Lippen.

„Das können doch auch Roboter sein, Maschinen mit einer künstlichen Intelligenz?"

„Nein! Auf jeden Fall sind es lebende Wesen, die mit uns Verbindung aufnehmen wollen", bekräftigte Wesley seine Meinung.

Eine der menschenähnlichen Gestalten, hob rechts etwas empor und bewegt es hin und her.

„Unglaublich, da scheint uns einer zuzuwinken" kam es erstaunt aus Wesleys Mund. „Die haben Arme und Beine wie wir."

Es war so ersichtlich, dass die da drüben zwei Arme und zwei Beine hatten, fast wie die Erdenmenschen nur waren ihre Körper bedeutend länger und dünner. Und dann erst ihre Köpfe, die hatten einen bedeutend größeren Umfang wie die der Menschen, fast wie die Größe eines Globusses. Die Gesichtszüge waren nicht zu erkennen. Sie wurden durch den Helm des orangenfarbenen Raumanzuges verdeckt.

Das Raumschiff drehte sich langsam mit ausgefahrener Rampe dem äußeren Ring des Kugelraumes zu und kam etwa 100 Meter davon entfernt zum Stehen.

Beide Raumschiffe schwebten dicht nebeneinander. Sie bildeten jetzt fast eine Einheit, die in der Unendlichkeit des Universums hing.

Plötzlich ein Flackern auf der Rampe des Zylinderraumschiffes.

Es wurde größer und größer, formierte sich zu einem großen durchsichtigen Rechteck.

Das Flackern veränderte sich zu einem Flimmern. Dieses wurde immer ruhiger, Konturen bildeten sich heraus, die schärfer und schärfer wurden.

Ein gigantisches konkaves Bild hatte sich vor dem Walzenraumschiff gebildet, das jetzt wie auf einer Leinwand im Autokino vor ihnen im Weltraum schwebte.

„Das glaube ich doch jetzt nicht. Was die da drüben können, das können wir auch", meinte Sörensen.

„Genau! Mal sehen, was die uns zeigen wollen, dann können wir ja auf die gleiche Art und Weise antworten."

Wesley setzte sich in den etwas erhöhten Kommandantensessel mit den eingelassenen Bedienungselementen in den Armlehnen zurecht und wartete ab, was da jetzt kommen würde. Von hier aus hatte er Zugriff auf alle Bedienungs- und Steuerungselemente des Sternenschiffes.

Vor den Augen der drei Besatzungsmitglieder der *Scout* erschien auf dem Projektionsbild des Zylinderraumschiffes ein schwarzer Kern innerhalb eines grauen, ringförmigen Wölkchens.

„Das sieht doch, fast wie der Kern eines Atoms aus. Kein Zweifel, und um ihn herum in dünnen Schalen die leuchtenden Pünktchen, wirklich das müssen die Elektronen sein“, meinte Wesley erstaunt.

Vor Bewunderung und Staunen konnten die beiden anderen kein Wort herausbringen.

Auf dem Projektionsbild erschienen jetzt vier Schemata, von denen offenbar jedes ein anderes Element darstellte. Es waren die Elemente für Wasserstoff, für Fluor, für Kohlenstoff und für Stickstoff.

Wesley keimte der Gedanke auf, sollten das etwa die Elemente für die Lebensbedingungen sein, unter denen die Außerirdischen lebten.

Die Finger Wesleys huschten über die rechte Armlehne seines Sessels, bediente einige Knöpfe und schon flammte vor dem Sternenkreuzer eine ähnlich leuchtende Projektionsbildfläche auf wie vor dem Zylinderraumschiff.

Auf der Projektionsbildfläche der *Scout* kristallisierte sich ein ähnliches Modell heraus. Es sah fast genau so aus, wie das der Außerirdischen, nur befand sich an der Stelle des Fluors das Sauerstoffmodell.

Nicht nur das gegenüber liegende Projektionsbild erlosch, die drei Gestalten auf der Rampe verschwanden ins Innere des außerirdischen Raumschiffes. Der dunkle Spalt schloss sich hinter ihnen langsam.

„Was soll das denn? Wir haben nichts falsch gemacht, dass die eingeschnappt sein könnten? Oder haben wir sie mit etwas erschreckt?“ äußerte sich Peer Weick erstaunt.

„Vielleicht hat es etwas mit den unterschiedlichen Elementen zu tun die in unsere Umwelt bzw. ihrer Umwelt das Leben beeinflussen“, erwiderte Sörensen. „Bei uns ist es der Sauerstoff und bei ihnen scheint es das Fluor zu sein.“

„Da kann ich mir gut vorstellen, dass dies ein Schreck für sie gewesen ist. Wir benötigen den Sauerstoff zum Leben und sie das Fluor.“

„Das heißt, dass wir uns nur Treffen können mit angelegten Raumanzügen."

„Anders wird es nicht gehen."

Auf dem fremden Raumschiff war im Moment nicht das geringste Lebenszeichen oder irgendwelche Maßnahmen der Besatzung festzustellen.

„Soll das schon alles gewesen sein!" bemerkte Peer Weick enttäuscht.

„Warte doch erst mal ab, denen geht es doch sicherlich genauso wie uns. Sie müssen mit der entstandenen Situation erst einmal fertig werden. Wir brauchen den Sauerstoff, um leben zu können, und die so wie es aussieht sicherlich das Fluor."

„Wir wissen doch", meinte Wesley, „dass die vom Menschen entdeckten chemischen und physikalischen Gesetze objektive Naturgesetze sind, die unter den gleichen Bedingungen im gesamten Weltall gelten."

„Na und, was soll das heißen?"

„Es liegt die Vermutung nahe, dass es ein Naturgesetzt der Lebensentwicklung gibt, das nicht nur auf der Erde, sondern auch unter unterschiedlichen Bedingungen im gesamten Weltall gilt. Je höher die Entwicklung, desto größer die Ähnlichkeit mit unseren irdischen Formen. Was anderes ist nicht denkbar."

In diesem Moment flimmerte wieder die gegenüberliegende Projektionsfläche in der Dunkelheit des Alls auf und verlangte ihre ganze Aufmerksamkeit.

In der Mitte des Schirms erschien wie aus dem Nichts heraus ein schwebender Schatten, der immer klarer wurde, Konturen annahm, sich zu einer Gestalt formierte.

Die Gestalt eines Außerirdischen ohne Raumanzug.

Die große Ähnlichkeit des Fremden, mit den Menschen verblüffte sie. Seine Größe das entsprach den Proportionen eines mittelgroßen Erdbewohners. Seine Schultern hatten die Form eines Halbkreises, an der rechts und links lange dünne Arme herabhingen. Die beiden Beine dagegen waren kurz, aber dünn. Sein großer rundlicher kahler Kopf passte überhaupt nicht zu den Proportionen des übrigen Körpers. Er war überdimensional groß und auffällig waren die Augen. Sie waren immens, fast kugelrund, tiefschwarz mit einem funkelnden Punkt in der Mitte. Augenbrauen fehlten komplett. Die Nase kurz und ein wenig vorspringend. Dafür waren die beiden Ohren imposant, fast wie bei einer Fledermaus.

Wesley schien es, als hätte der Fremde an jeder Hand nur vier Finger, die Füße konnte er leider nicht sehen.

Je länger die drei von der Erde, die Bewohner des fernen Planeten betrachteten, dessen Kleidung in einem kornblumenblau schimmerte, desto weniger fanden sie sein Äußeres unnatürlich.

Wesley wandte sich an Sörensen: „Stell dich dort auf den erhöhten Absatz. Wir werden ein Bild von dir auf unsere Projektionsfläche projizieren."

„Warum ich?"

„Komm mach schon! Du bist doch der hübscheste von uns."

„Na gut. Ich mache es."

Gesagt, getan.

Auf der Bildfläche erschien der Nordländer. Kräftig gebaut. Sein helles Haar verriet beim nahen Hinsehen schon einen leichten Grauton. Fast aus dem Rahmen fielen seine Augen, sie kontrastierten zu dem gutmütigen Gesicht obwohl dunkelblau wirkten sie schwarz und gaben seinem Blick etwas Durchdringendes, Forschendes. Buschige blonde Augenbrauen.

In diesem Moment sahen sich beide, der Außerirdische und der Mensch von der Erde, über die Projektionsflächen, Millionen Kilometer von ihren Heimatplaneten erstaunt an. Sie konnten es nicht glauben, erschauerten dann vor Freude, wussten nicht, was zu tun ist, konnten nichts ausdrücken und drückten alles aus.

Das projektierte Bild, das vom außerirdischen Raumschiff gesendet wurde, verlor an Schärfe und verlosch.

Nur das Flimmern der zahlreichen Sterne des Weltraumes schien das Zylinderraumschiff zu umrahmen wie ein wunderbares Ölgemälde.

Eine Stunde schien vergangen zu sein, da öffnet sich erneut der Spalt am Zylinderraumschiff, die Rampe senkte sich herunter, auf der nach kurzer Zeit wieder zwei Außerirdische in ihren Raumanzügen standen. Eine der Gestalten beugte sich über die Brüstung der Rampe und machte mit den langen dünnen Armen heftige, weitausholende Bewegungen. Dann hob er beide Arme hoch über den Kopf und ließ sie langsam und im gleichen Abstand voneinander wieder sinken, als wollte er damit zwei parallele Flächen andeuten.

Mit den Worten „Was soll das den bedeuten?" führte Wesley einige schnelle Schaltungen an der Lehne des Kommandantensitzes aus und seine Gestalt erschien als Bild jetzt flimmernd auf der Projektionsfläche, die Gesten des gegenüber nachmachend.

Darauf hob eine der Gestalten gegenüber eine Hand als Zeichen eines stummen Grußes.

Wesley erwiderter höflich, wie er war, den Gruß.

Die Gestalten wandten sich um, verschwanden in dem dunklen Schlund ihres Raumschiffes, der sich hinter ihnen schloss.

Die Stunde des Abschieds schien gekommen zu sein, auch wenn sie gerne noch mehr von den Außerirdischen erfahren hätten.

Es blieb ihnen nichts anderes übrig, sie mussten sich damit abfinden, dass es nur noch wenige Minuten dauerte und ihr gegenüber für immer in der unendlichen Weite des Universums untertauchte.

Langsam lösten sich die beiden Raumschiffe voneinander.

Das Zylinderraumschiff der Außerirdischen hüllte sich in eine grelle, flammende Wolke.

Als sich diese verzog, war das Schiff in der Weite des Kosmos verschwunden.

Erst in diesem Moment wurde den drei Menschen in ihrem Sternenschiff offenbar klar, dass das Wichtigste bei allem Suchen und Forschen, allem Streben, allen Träumen und Kämpfen der Mensch immer bleiben würde. Auch wenn das ihm als Erdenbewohner nicht immer bewusst war, denn als einziges bewusst denkendes Wesen der Erde versuchte er immer wieder sich und seinen Heimatplaneten auszulöschen.

Selbst wenn ihre überstürzte Flucht von der Erde im Moment das Gegenteil bewies, war der Mensch in der unendlichen Weite des Weltalls der ausschlaggebende Faktor, mit seinem Verstand, seinen Gefühlen, seiner Kraft, seiner Schönheit, seinem Leben.

Das Sternenschiff *Scout* setzte sich in Bewegung, beschleunigte und ging nach kurzer Zeit in den überlichtschnellen Flug über.

Sicher geborgen durch die Hülle des Kugelraumers merkten die drei Menschen nicht, wie die Lichtquanten, die Ihnen entgegenflogen, kürzer wurden und die entfernten Sterne zunächst hellblau, dann dunkelblau, schließlich fast violett leuchteten. Dann versank das Sternenschiff erneut im undurchdringlichen Dunkel des Raumes.

Der *Scout* musste in minutenschnelle Lichtgeschwindigkeit erreicht und diese überschritten haben, der Dopplereffekt *presste* in Flugrichtung die Wellen des Lichtes derart zusammen, das sie für das menschliche Auge nicht mehr wahrnehmbar wurden. Der gleiche Effekt umgekehrt erfolgte hinter dem Raumschiff.

Obwohl die Lichtgeschwindigkeit bisher nur als bekannte Höchstgeschwindigkeit von Photonen im gasleeren Raum galt, hatten sie diese überschritten. Dies zeigte, dass das menschliche wissenschaftliche Bild von der Kernkraft unmöglich für abgerundet oder gar für abgeschlossen angesehen werden konnte.

Sternenhaufen, Sternenströme in den Sonnenumgebungen, Dunkelnebel, Nebelhaufen, Überreste auseinandergerissener älterer Zwerggalaxien, die in der Vergangenheit mit der Milchstraße verschmolzen. Asymmetrisch aufgebaute Milchstraße, wo die Dunkle Materie die Masse der Galaxie dominiert.

Dazwischen das Sternenschiff. Es schien, als hinge es bewegungslos in der Leere. Aufgrund der riesigen Entfernung zu den Sternen verriet nichts von der rasanten Geschwindigkeit des Raumschiffes.

Hier fand die menschliche Logik sein Ende.

Atemlos starrten die drei Menschen, die in ihren vor dem breiten Bildschirm sichelförmig angebrachten gepolsterten Schalensessel saßen, auf das einmalige Wunder der Sternenpracht in der unendlichen Weite des Universums.

Die nächste der leuchtenden Sonnen, der Stern Alpha im Sternbild der Zentauren, war etwa 41 Trillionen Kilometer weit weg. Ein Lichtstrahl würde erst in vier Jahren und drei Monaten dort eintreffen. Bei dieser enormen Entfernung könnte man, selbst wenn das Raumschiff mit Lichtgeschwindigkeit weiter flöge, erst nach langer Zeit eine Verschiebung der Sterne erkennen.

Der *Scout* flog seine Bahn, die ihm die Gesetze der Himmelsmechanik vorschrieben.

Unter den Milliarden Sonnen der Milchstraße gibt es eine Anzahl, die über erdähnliche Planeten mit hoch entwickelten Leben verfügen. In der näheren Umgebung kamen dreißig Sonnen, von denen vier mehrere Planeten haben, in Frage.

Dass dies kein Hirngespinst war, wussten die drei genau. Waren sie unfreiwillig auf einem erdähnlichen Planeten im Sternbild Centaurus gestrandet. Auf *Hope*, so nannten sie damals den Planeten, mussten sie ihren Mann stehen gegen die Unbilden der Natur, bei der Begegnung mit Sauriern, anderen Urzeittieren und den Ureinwohnern. Hier hatten sie den gigantischen Kugelraumer entdeckt, das von einer außerirdischen Zivilisation verlassene Sternenschiff *Scout*. Mit dem sie jetzt als hell schimmernder Punkt, bei hoher Geschwindigkeit durch den Weltraum schossen, einer Dunkelheit, die übersäht war mit den Silberpunkten flimmernder Sterne.

Und die Außerirdischen aus dem Zylinderraumschiff mussten ja irgendwo her gekommen sein.

In der scheinbar völligen Leere des Raumes zog der Weltraumkreuzer unbeirrt seine Bahn.

Sörensen und Weick saßen bewegungslos auf ihren angestammten Plätzen.

Wesley hatte seinen Platz gewechselt. Er saß jetzt auf dem etwas erhöht stehendem vierten Schalensessel, dem Kommandantensessel. Wesleys Arme ruhten wie selbstverständlich auf den Armlehnen mit den eingelassenen Bedienungselementen. Seine aufmerksam blickenden Augen wanderten regelmäßig zu dem Geschehen auf dem Plasmabildschirm hinüber.

Wesley liebte diese Stille.

Sinnend starrte er auf das große Sternenpanorama. Dieses gewaltige und erhabene Gebilde war stets dasselbe und dennoch immer wieder anders neu, ging es ihm durch den Sinn.

Diese schimmernde schwarze Unendlichkeit konnte zu gleich Furcht und Ruhe einflößen.

Nichts geschah, was Grund zur Beunruhigung geben könnte.

Würden die Instrumente nicht die Geschwindigkeit ihres rasenden Fluges anzeigen, so hätten sie geglaubt, still und bewegungslos im endlosen Raum zu schweben.

Die Zeit verstrich.

Plötzlich sank unter Wesley der Boden unter den Füßen weg, wie beim Hinunterfahren im Schnelllift.

Sekundenlang setzte sein Herzschlag aus.

Nur gut, dass die Neutralisatoren einwandfrei funktionierten, sodass dieser Moment nur einen Moment lang dauerte.

Die beiden anderen hatte das pure Entsetzen ergriffen und befürchteten schon das Schlimmste.

Das ultrakurzwellige Ortungsgerät hatte beim ständigen Abtasten des Raumes in Flugrichtung einen kleinen Meteoriten erfasst. Blitzschnell berechnete der Bordcomputer die Bahn und Geschwindigkeit des Himmelskörpers und verglich sie mit der des Schiffes.

Sogleich kam die automatische Kurskorrektur.

Der Meteorit flog rechts am Weltraumkreuzer vorbei. Deutlich war die zerklüftete Oberfläche des Gesteinsbrockens zu erkennen. Spitze Felszacken ragten drohend in das All. An einigen weit in den Raum hinausragenden Spitzen brach sich das Sternenlicht in den Farben des Regenbogens - und das vor der Schwärze des Weltraumes mit seinen zahlreichen Lichtpunkten.

Erleichtertes Aufatmen.

Im gedämpften Licht der Kommandozentrale flimmerten die blauen, grünen und gelben Signale der Instrumententafeln als wäre nichts gewesen.

Der Kugelsternhaufen vor ihnen, auf den sie zuflogen, bestand praktisch aus geballter Sternenenergie; aus

Strahlungen, die ihn kreuz und quer durchzogen. Wenn sie hier Planeten entdecken sollten, dann könnten das schon wahre Höllen sein, denn sie waren kosmischen Verhältnissen ausgesetzt, die man in den weiten interstellaren Räumen sonst nicht vorfand. Daraus wäre zu folgern, dass die intelligenten Bewohner solcher Planeten ungewöhnlich sein könnten.

Es dauerte einige Zeit, bis sie sich an die leuchtende Pracht der vielen Sonnen gewöhnt hatten.

Der *Scout* sank unter die relative Lichtgeschwindigkeit, wurde langsamer und schwebte bald in einem Meer von Sternen, die alle wieder sichtbar geworden waren.

Zuerst war es nur der Sternenring gewesen, quer zur Flugrichtung. Er hatte sich ständig verbreitert, je langsamer der *Scout* wurde. Das Schwarz verwandelte sich allmählich in dunkelviolett, dann in Rot, Gelb und schließlich in Weiß. Ein unbegreiflich schönes Naturschauspiel, hervorgerufen von der durch die Geschwindigkeit bedingten Veränderungen der Wellenlänge des Lichtes, welches von den Sternen ausgesandt wurde.

Während dessen raste der *Scout* mit rund 200.000 km/sec Geschwindigkeit auf einen Strrenengiganten zu, den sie mit dieser Fahrt in etwa acht Tagen Bordzeit erreichen mussten.

Der *Scout* durchfurchte hier den Raum auf der Suche nach Planeten.

Genau im Zentrum des Plasmabildschirmes funkelte rotgelb ein Himmelsgestirn, ein weiß glühender Himmelskörper.

Das Raumschiff raste, nein fiel durch den Raum diesen grell leuchtenden Stern entgegen. Einer Sonne, die langsam heller und größer wurde.

„Ich glaube", meinte Wesley „, dass die Schwankungen der Sonne auf mehrere Planeten hinweisen."

Er sollte recht behalten.

Umkreist von vier Planeten und zahllosen Monden, lieferte die Sonne Wärme und das Licht, ohne die das Leben hier nicht existieren konnte.

Wie von Geisterhand gesteuert, flog der *Scout* dem unbekannten Planetensystem entgegen.

Vor dem Raumschiff lag der glühende Ball aus Wasserstoff und Helium, eine Sonne kraftvoll und wild, mit stechendem gelben Licht, der sie sich immer mehr näherten.

Protuberanzen schossen wie verformte Finger mit vielen knochigen Gelenken weit in den Raum hinaus. Ein Schleier brennender Gase wölbte sich langsam auf, verteilte sich und wurde an der Spitze abgebogen, um dann wieder auf die Sonnenoberfläche zurückzufallen.

Die Geschwindigkeit hatte rapide nachgelassen. Langsam nur schwebten sie in das System hinein. Die Planeten rückten an den Rand des Bildschirmes, die Sonne wurde größer und flammender.

Wesley saß eine ganze Weile wie versteinert da und starrte auf das Bild, was sich ihm da auf dem Plasmabildschirm bot.

Die anderen schienen den Atem anzuhalten.

Mit bloßem Auge betrachtet, war die Sonne zwar immer noch ein großer Stern, aber auf dem Bildschirm stand sie bereits als flammender Feuerball. Die gewaltigen Protuberanzen veranstalteten auf dem Plasmabildschirm ein riesiges, farbiges Schauspiel, das nur mit eingeschalteter Blende erträglich war.

Es war ein Anblick, den sie so schnell nicht wieder vergessen würden. Unter ihnen lag wie ein Modell eine Sonne, mit denen sie umkreisenden Himmelskörpern.

Immer kräftiger strahlte der grellleuchtende Himmelskörper, der mit seinem stechenden gelbweißen Licht das Raumschiff förmlich zu überschütten schien.

Der erste Planet erschien wie eine glühende Wüstenei, versengt von Protuberanzen und der vernichtenden Glut der

Korona der Sonne. Eine Wüste aus flüssigen Blei, heißen Felsen und ohne Atmosphäre.

Der Zweite mit seinem zerklüfteten Antlitz, wie sein Bruder auf der Innenbahn ohne Gashülle, wirkte nicht gerade einladend.

Der Vierte versteckte sich hingegen unter einer Wolkendecke von Ammoniak und Methan.

Die ersten beiden Planeten hatten zwei Monde verschiedener Größe und unterschiedlich langen Bahnen.

Dann war da der Dritte.

„Es wird Zeit das wir feststellen, auf welchem Planeten wir landen", meinte Wesley.

„Gibt es da noch eine Frage?" meinte Sörensen. „Der Dritte drängte sich doch förmlich auf. Er hatte eine dichte Atmosphäre, die nach den ersten telemetrischen Messungen zufolge Sauerstoff enthält. Die Temperaturen scheinen denen auf der Erde zu gleichen. Da die Atmosphäre in ihrer Zusammensetzung erdähnlich ist, erübrigt sich der Skaphander."

„Du hast recht, unsere Atmosphäre - vielleicht etwas dünner. Temperatur etwas niedriger, da er weiter von der Sonne entfernt ist. Hm, er könnte Leben tragen. Sieh nur die seltsame Farbe der Oberfläche".

Wesley starrte auf den Plasmabildschirm und fühlte in sich die Erregung eines Forschers. „Ja, das ist eine Welt, die der Erde ähnlich ist".

„Landen wir oder fliegen wir weiter?"

Schweigen!

Es war kein Schweigen des Überlegens, sondern ein Schweigen von Erwartung.

Wesley kleidete diese allgemeine Erwartung in verständliche Worte: „Natürlich werden wir landen! Wir werden doch nicht einfach weiter fliegen, ohne genau zu wissen, was da unten wirklich los ist."

„Ich bin auch für eine Landung und die eventuelle Kontaktaufnahme mit denkenden Lebewesen. Bis jetzt hat sich da unten jedoch noch nichts gerührt. Kann auch sein, dass wir uns täuschen". Mit diesen Worten bekräftigte Sörensen das Vorhaben Wesleys auf dem Planeten zu landen.

Es vergingen dennoch zwei Tage, ehe Wesley die Landung des Kugelraumers einleitete.

Der Anflug auf den dritten Planeten begann.

Die störungsfrei arbeitende automatische Steuerung verlangsamte kontinuierlich den Flug und ließ den Weltraumkreuzer in einer riesigen Parabel um die Sonne einschwenken. Nutzten die Gravitation der Sonne als zusätzliche Bremswirkung, indem sie dicht an ihr vorbeiflogen, um dann wieder von ihr fortzustreben.

Der dritte Planet schien die Anziehungskraft eines Magneten zu besitzen.

Im Laufe der nächsten Stunden wurde die blaue Kugel immer gewaltiger, bis sie die linke Plasmaschirmhälfte vollkommen ausfüllte.

Die Geschwindigkeit betrug keine 25.000 km/sec mehr, lag schon merklich unter der des Lichtes. So wie das Raumschiff aus dem Raum gekommen war, raste es mit dem Rest seiner Fahrt in die Atmosphäre hinein.

Innerhalb des Kugelraumschiffes spürte niemand die Reibungshitze. Man hörte nur das Dröhnen der Triebwerke.

Wie ein Ungeheuer raste es durch die oberen Schichten der Atmosphäre, deren Gasmoleküle nicht schnell genug ausweichen konnten und deshalb mit enormer Gewalt komprimiert und anschließend zur Seite geschleudert wurden.

In wenigen Minuten hatte der Scout den Planeten zweimal umflogen und schwebte über der derzeitigen Tageshälfte des Planeten. Unter dem Raumschiff erstreckte sich eine wilde, trostlose Landmasse. Hohe Gebirgsketten und große Wattengebiete huschten über die Bildfläche.

Die andere Kugelhälfte wurde von zusammenhängenden Landmassen eingenommen. Ein keilförmiger, mehrere tausend Kilometer langer Meeresarm schnitt in die Äquatorlinie in diese Felsenmassen ein. Im Bereich des Festlandes wurden zwei von drei großen Binnenmeeren ausgemacht, die durch eine breite Wasserstraße mit einem keilförmigen Golf verbunden waren.

Scheinbar unbeweglich stand der *Scout* im Raum, während sich unter ihm der Planet langsam hinwegbewegte.

Mit nur fünffacher Schallgeschwindigkeit schoss der *Scout* jetzt dahin.

Es wurde Zeit, das Bremsmanöver einzuleiten.

Leises Summen, ein kaum spürbares Vibrieren, das durch den Leib des Raumschiffes wanderte, war das sichere Anzeichen dafür, dass es auf jedes Steuerkommando reagierte.

Wesley betrachtete die langsam unter ihnen dahinziehende Landschaft.

Die fremde Welt dreht sich verhältnismäßig schnell um ihre Achse, schien aber sonst - ebenso wie das Raumschiff - bewegungslos im All zu schweben. In Wirklichkeit eilte sie auf ihrer Bahn um die weit entfernte Sonne, während das Sternenschiff mit der notwendigen Orbitalgeschwindigkeit jetzt den Planeten umkreiste.

Der dritte Planet mit seiner bläulichen Färbung erinnerte an die heimatliche Erde. Er wirkte majestätisch und feierlich, ein großes Festland zog jetzt da unten vorbei, dass der Form nach einer Birne ähnelte und von einer riesigen Wasserfläche mit vielen inselartigen Flecken umgeben war.

Unter dem in dreißig Kilometer Höhe fliegenden Kugelraumer tauchte ein weiteres Gebirge auf. Die höchsten Gipfel ragten mehr als neun Kilometer in den blaugrauen Himmel, in dem sich weiter südlich dichte Wolkenmassen zusammenballten.

Wesley biss sich auf die Lippen.

Peer Weick schien sichtlich nervös zu werden. Er schaute Welf Wesley verzweifelt an und fragte mit skeptischem Unterton in der Stimme: „Sollen wir wirklich landen?... Wer weiß, was uns dort unten erwartet."

„Ich muss gestehen, dass es mir jetzt auch ein wenig unheimlich zu Mute ist. Auf diesen Planeten wirkt von der Entfernung her zwar alles wie auf der Erde, Atmosphäre, Gravitation und Lebensbedingungen. Und doch ist es nicht die Erde, die wir kennen …, vielleicht wie zu Urzeiten."

„Kennen wir das nicht schon, dass mit der Urzeit? … Ich sage nur das Wörtchen Hope!"

„Du hast ja recht."

Gleich wie auf dem Bildschirm, hing zum Greifen nahe die leuchtende Krümmung des Planeten vor der Schwärze des Weltraumes. Gleißend und fremd die grelle schweißbrennerflammen bläuliche Sonne, die trotz der Filter in die Augen stach.

„Es ist so weit. Der Landevorgang kann beginnen", murmelte Wesley vor sich hin und schaute dabei Sörensen in die Augen.

„Landen wir!"

Dann herrschte in der kreisrunden Kommandozentrale eine Stille, in der man sicherlich eine Stecknadel zu Boden fallen zu hören glaubte. All die Technik, all die Instrumente rings um sie herum schienen mit hundert Augen auf sie herunter zu sehen.

Das Kugelraumschiff verringerte seine Geschwindigkeit, verließ die Umlaufbahn und näherte sich langsam der Oberfläche des Planeten. Nun waren auch Einzelheiten besser und deutlicher zu erkennen und zu unterscheiden.

Welf Wesley hatte alle Hände voll zu tun, um den Anflug des Kugelraumers auf den dritten Planeten zu stabilisieren. Schnell waren die nötigen Handgriffe getan, fast mechanisch, ungezählte Male geübt.

Geheimnisvoll leuchtend glitt der Planet dahin. Durch die umgebende Atmosphäre erschien er jetzt wie eine Kugel unter Glas, umgeben von einem pastellfarbenem hauchdünnem Schleier. Dieser wurde allmählich dunkler, kräftiger in der Farbe, wechselte ins Zyan blau, Indigo, violett und verlor sich in der Schwärze des Weltalls.

Immer mehr Einzelheiten der Planetenoberfläche waren zu erkennen, deutlich unterschieden sich die einzelnen Gebilde.

Von der Nähe sah jetzt der Planet blaugrün oder besser smaragdfarben aus. Dazwischen immer wieder grünlich schimmernde Flecken. Von Weitem gesehen, glaubte man den Himmelskörper als flache Scheibe vor sich zu haben.

Die ihn umhüllende Atmosphärenschicht war am äußeren Rand hell und schwer erkennbar, wurde aber in der Nähe der Planetenoberfläche dichter und dunkelblau.

Auf dem Plasmabildschirm war an den Polkappen des Planeten eine weite, eisglänzende Fläche zu erblicken. Rechts tauchte Packeis auf, das eine gewaltige Eisbarriere von der offenen Wasserfläche trennte. Dann wieder Wüstenflächen, die größtenteils aus Geröllebenen bestanden. Sie wurden in anderen Gebieten von rotgelben Sandmassen abgelöst.

Nirgendwo schien es eine Pflanze, geschweige denn ein Lebewesen zu geben.

Lauter und lauter tobten die Antriebsaggregate. Aus den sechs Stellen im weitausladenden Ringwulst waren es inzwischen 12 geworden, aus denen es jetzt bläulich flimmerte.

Das Bremsmanöver hatte eingesetzt. Rapide nahm die Geschwindigkeit ab und betrug nach kurzer Zeit kaum 25 Sekundenkilometer.

Wesley blieb die Ruhe selbst.

Links auf dem Plasmabildschirm kam jetzt da unten ein Vulkan ins Blickfeld, mit einer Höhe von mehr als 4.000 Metern.

Dahinter blendete das Eis, der endlosen weißen Wüste.

Bei 20.000 Kilometer Entfernung vom Planeten weiteten sich erstaunt Sörensens Augen, über seine Lippen kamen überraschend die Worte: „Das gibt es doch nicht. Der Planet da unten hat einen riesigen Kontinent. Alle anderen Landmassen scheinen größere oder kleinere Inseln zu sein."

Wesley konnte das merkwürdige Gefühl einer steigenden Unsicherheit nicht mehr verdrängen.

Auf dem erleuchteten Plasmabildschirm hob sich eine plastische, wolkenumhüllte Kugel ab, die sie auf einer elliptischen Flugbahn umkreisten.

Aber was war das für eine Kugel?

In der Tat zeigte sich eine riesige zusammenhängende Landmasse - ein Superkontinent.

„Das sieht ja bald so aus als würden wir hier in die Vergangenheit der Erde eintauchen", meinte Wesley. „In eine Zeit, wo sich zum ersten und einzigen Mal alle Kontinente der Erde zu einem einzigen riesigen Kontinent verneigt hatten - genannt Pangäa!"

Schon peitschte das bläulich flimmernde Licht der Lichtquanten aus jetzt nur sechs der aufgeworfenen Öffnungen des hervorstehenden wulstigen Ringes die oberste Luftschicht des Planeten.

In 15.000 Meter Höhe umkreiste das Raumschiff den erdähnlichen Planeten, wobei es langsam, aber ständig, tiefer und tiefer sank und sich von der Nachthalbkugel her schnell dem ausgesuchten Landeplatz näherte.

Noch einmal glitt der riesige Kontinent unter ihm dahin.

Deutlich waren wieder die ausgedehnten Vereisungen der Südhalbkugel zu sehen.

In der Äquatornähe schien ein wüstenartiges Klima zu herrschen.

Es war so, dass ein beträchtlicher Teil der Oberfläche von einem einzigen Kontinent eingenommen wurde, der Rest bestand aus Wasser.

Bei einer Höhe von 10.000 Meter über Bodenhöhe waren deutlich unübersehbare Gebirgszüge, Urwälder, Steppen, Wüsten und Flüsse zu erkennen.

Es gab Pflanzenwuchs.

Soeben überflog das Raumschiff eine vegetationslose Hochgebirgskette. Hier schien ein Vulkan seine Lavamassen in die Atmosphäre zu schleudern. In der Tiefe blubberte Lava. Ihr roter Widerschein spielte auf den Felszacken gegenüber und es war nicht auszumachen, woher das blutige rote Licht kam.

Von der untergehenden Sonne oder aus dem Krater.

Dahinter begann eine dünenbedeckte Sandwüste.

Die Messwerte der Instrumente zeigten eine verblüffende Übereinstimmung mit den Daten der Erde an.

„Hurra, hier gibt es Leben. Das Absorptions- und Gravitationspektrum lässt das eindeutig erkennen".

„Welf," meinte Sörensen, „vielleicht stoßen wir hier auf vernunftbegabte Wesen."

„Aber auch nur vielleicht!"

Mit einer Restgeschwindigkeit von 316 m/s. tauchte das Raumschiff in die Atmosphäre des Planeten ein.

Aus jetzt nur vier Öffnungen des wulstigen Ringes glühte bläuliches Feuer.

In zehn Kilometer Höhe umkreiste das Raumschiff den Planeten. Auf dem Plasmabildschirm waren deutlich die Konturen der riesigen Landmassen des einzigen Kontinents zu erkennen.

8.000 Meter ...

Der Weltraumkreuzer stieß durch die Wolkendecke. Minuten verstrichen, ehe es heller wurde und gleißendes Licht hervorbrach.

Bläuliche weiße Strahlen beleuchteten eine wabernde Wolkendecke.

Geblendet schloss Welf Wesley für einen Moment die Augen.

Nur Sekunden dauerte die Ablenkung, dann fuhr er die Landestützen des Kugelraumers aus.

Unentwegt bremsten die bläulich flimmernden Lichtquanten an vier Stellen aus dem weitausladenden Ringwulst die Fahrt des Kugelraumers.

Jetzt verriet der Radar Höhenmesser, dass das Raumschiff nur 6.000 Meter über der Oberfläche des bizarren Himmelskörper schwebte.

Eigenartig, das Sammelsurium aus nachtschwarzem Weltraum, greller Sonne und bunt schillernder Wolkendecke.

Unten glitt eine bewachsene Tiefebene, von unzähligen Flüssen und Flussarmen durchzogen, dahin.

Erste Spuren der Atmosphäre.

4.000 Meter …, 3.000 Meter ..., 2.000 Meter …

In der Ferne tauchten weitere Gebirgszüge auf, die flacher wurden. Langgestreckte grabenartige Senken, teilweise gefüllt mit roten Abtragungen.

Festes Land.

Verschwunden war die Wolkendecke.

Sattes natürliches Grün, wie es den Augen lange Zeit gefehlt hatte, flog jetzt in tausend Schattierungen und verschwenderischer Vielfalt entgegen.

Dieses Bild, von silbernen Bächen und Fäden der Wasserläufe gezeichnet, hätte das Herz eines Dichters mit Begeisterung erfüllt.

Mit mäßiger, gleichbleibender Geschwindigkeit sank der Flugkörper nach unten.

Schon waren die tieferen Schichten der Atmosphäre erreicht.

1.000 Meter ...

Der Himmel zeigte nicht mehr die düstere Färbung der höchsten Stratosphäre, sondern erstrahlte im lichten Blau.

500 Meter ..., 400 Meter ...

Immer langsamer sank der riesige kugelförmige Flugkörper der Plantenoberfläche entgegen.

Stärker wurde das Geräusch der bläulichen Lichtquanten, die aus dem wulstigen Antriebsring des Raumkreuzers schossen.

Nach wenigen Minuten schwebte er noch hundert Meter über dem Boden.

90 Meter, 80 ..., 70 ..., 65 ...!

Dann hing das Raumschiff nur fünfzig Meter über der Oberfläche des rätselhaften Planeten.

Klar erschienen die Bilder des unter ihnen liegenden Landeplatzes auf der großen Projektionsfläche des Plasmabildschirmes.

Rings um den Landeplatz breitete sich nach allen Seiten bis zum Horizont steppenartiges Flachland aus. Teilweise bewaldete Hügel, hin und wieder ein mit brackigem Wasser gefüllter Tümpel unterbrach den eintönig wirkenden Landstrich, der sonst keine Abwechslung bot.

40 Meter ..., 30 ..., 20 ..., 10 ..., 9 ...!

Wenige Meter über der Planetenoberfläche schien der gewaltige Metallkoloss stillzustehen, der Bauch von glühenden, zurückschlagenden Partikeln um loht. Die Strahlenflut der abgestrahlten Lichtquanten peitsche mit größter Wucht auf den Boden und stieg wie eine Fontäne wieder empor.

Langsam sank das Weltraumschiff tiefer.

Meter für Meter, gehalten von den Schubkräften, erzeugt von den vier noch tätigen Triebwerken.

Eine Ewigkeit schien vergangen zu sein, da durchlief den bläulich schimmernden kugelförmigen Riesen ein vibrieren.

Welf Wesley lief ein Schauer durch den Körper. In seiner Stimme klang eine Spur von Trotz auf, als er sagte: „Eigentlich müssten wir jetzt in ein Freudengeheul ausbrechen. Schließlich sind wir die ersten Menschen, die diesen Planeten betreten."

Behutsam hatte das Weltraumschiff aufgesetzt.

Sein Gewicht, das sich nach der Stilllegung der Triebwerke erst bemerkbar machte, lastete plötzlich auf den Landestützen. Die runden Auflageteller sanken zu sechs Meter in den Boden ein, bis sie auf felsigen Untergrund festen Halt fanden.

Leichte Erschütterung!

Wie abgeschnitten verstummte das ohrenbetäubende Heulen und Donnern.

Das bläuliche glühende Leuchten erlosch.

Weich und sicher war der Weltraumkreuzer auf dem Planetenboden gelandet. Er ruhte auf den vier turmstarken Landebeinen mit den breiten Auflageflächen. Die Stützen ragten in einem Winkel von fünfundvierzig Grad aus der abgeflachten unteren Hälfte und verliehen dem Schiffskörper festen Halt.

Allmählich vermochten Wesleys gequälte Ohren und strapazierte Sinne, wieder andere Geräusche wahrzunehmen.

Der kugelförmige Körper war auf einer welligen Ebene niedergesunken. Kniehohes, teilweise mannshohes Gras bedeckte den Boden, unterbrochen von Buschgruppen mit lanzenartigen Blättern.

In der Ferne zogen sich die Höhenzüge eines Gebirges hin.

Unter dem Kugelraumer glühte ringsum der Boden. Es wurde schwächer und schwächer. Ging vom grellen hellrot in dunkles Rot über. Nach einer geraumen Zeit war es erloschen.

Durch eine der Buschgruppen schimmerte die Wasseroberfläche eines kleinen Tümpels herüber. Dort am Uferrand, im seichten Wasser, hatten die, da wachsenden Schachtelhalme eine beträchtliche Höhe erreicht.

Über dem brackigen Wasser tanzten seltsame Libellen im hellen Sonnenlicht.

In unmittelbarer Nähe des Landeplatzes reckten Pflanzen unterschiedlicher Größe ihr Haupt der Sonne entgegen. Es waren Baumfarne von ungleichen Wuchs, von einem Meter bis zu einer Größe von zehn bis 15 Metern. Sie bestanden aus unverzweigten farntypischen Wedeln. Von den etwa 80 Zentimetern langen Wedeln standen seitliche Triebe ab, die mit zungenförmigen Fiederblättchen besetzt waren.

Zwischen ihnen war ein flüchtiges, schwereloses Auffunkeln von einem spinnengewebeartigem Etwas zu erkennen.

Dort wo der Boden feucht war, wuchsen Bärlapp, Moos und niedrige Farnbüsche.

Hin und wieder erhob sich einer der schönen orangeroten Vögel mit dem dunkelpurpurroten Scheitelkamm und den schwarzbraunen, weiß geränderten und gefleckten Flügel- und Schwanzfedern aus dem dürren Gras. Auffällig bunt waren die Männchen gegenüber den bescheidenen einfarbigen braunen Weibchen.

Unweit des Landeplatzes erhob sich der steil ansteigende Hang eines Hügels, bedeckt mit borstigem Gras, zwischen dem an verschiedenen Stellen nackter rotbrauner Felsen hervorschaute. Davor, stellenweise tiefe Mulden, gefüllt mit feinem kupferfarbenem Staub.

Kleinere und größere Felsbrocken reihten sich auf dem Hügel aneinander. Hier sonnten sich zahlreiche bis zu drei Meter lange Echsen. Diese hatten einen gedrungen Körperbau und kurze, kräftige Beine. Den massiven Kopf hin und herdrehend riss die eine und andere Echse mit ihren kurzen stiftförmigen Zähnen hin und wieder Pflanzenteile aus dem Boden.

Sie hatten sich von dem, was da geschehen war, nicht stören lassen.

Am Fuße des Hanges, zwischen dem rot aussehenden Boden wuchsen vereinzelt Nadelbäume. Die Zweige an den schlanken Stämmen trugen dicke nadelartige Blätter. Die Zweigenden sahen aus wie Getreideähren. Ovale, fleischige Zapfen bildeten die Fruchtkörper.

Zwischen den Nadelbäumen rankten niedrige Sträucher mit graublauen winzigen Blättern platt über dem Boden dahin. Eine zehn Meter große freie Fläche war mit weichem rotem Moos bedeckt. An einzelnen Stellen ragten merkwürdige stachlige Stöcke heraus, deren Stacheln ebenfalls violett lcuchteten.

Hier und dort lagen alte entwurzelte Stämme mit ihrem dürren Gezweig zwischen den Nadelbäumen.

Auf der etwa zehn Meter großen Fläche, in unmittelbarer Nähe des Hügels tummelte sich eine Anzahl von Echsen. Tiere, die kleiner waren als ein ausgewachsener Mensch.

Die etwa 60 Zentimeter langen Echsen hatten relativ, lange kräftige Gliedmaßen. Die Vorderbeine waren kürzer als die Hinterbeine und sie besaßen fünf Zehen an jedem Fuß.

Zwei der Tiere begannen umherzutollen. Es sah bald so aus, als wollten zwei übermütige Kinder haschen spielen. Dabei führten die Tiere mit den Hinterbeinen, aber auch mit allen vier Beinen ungeschickte Sprünge aus.

Aufrecht stehend rissen die Größeren von ihnen Palmenblätter, Schachtelhalm- und Farntriebe ab, andere ausschließlich junge Tiere, fraßen Gras und sahen dabei recht komisch aus.

In der unteren Kugelhälfte des Weltraumkreuzers öffnete sich in etwa 30 Metern Höhe lautlos eine Schleuse. Aus der entstandenen Öffnung glitt lautlos eine bläulich schimmernde Rampe, die bis auf den Planetenboden reichte.

In der Schleusentür erschienen zwei Gestalten.

Es waren Welf Wesley und Sven Sörensen, die über die ausgefahrene Rampe das Raumschiff verließen. Nach wenigen Schritten standen sie auf der Oberfläche einer Welt, die bisher keines Menschen Fuß betreten hatte.

Peer Weick musste aus Sicherheitsgründen zurückbleiben. Nicht auszudenken, wenn in der Zeit, wo der Weltraumkreuzer unbeaufsichtigt zurückblieb, irgendwer sich des Raumschiffes bemächtigen könnte.

Man konnte nie wissen, wer sich alles auf diesem Planeten rumtrieb?

Wesley schaute sich suchend nach den beiden Echsen um, die wie zwei kleine Sprösslinge umhertollten.

Wo waren die nur geblieben?

Endlich hatte er sie gefunden, und es war kaum zu glauben, sie lagen beiden dicht nebeneinander, als würden sie miteinander kuscheln, in der Nähe des Hanges unter einem Busch, der unweit einer der Tannen stand.

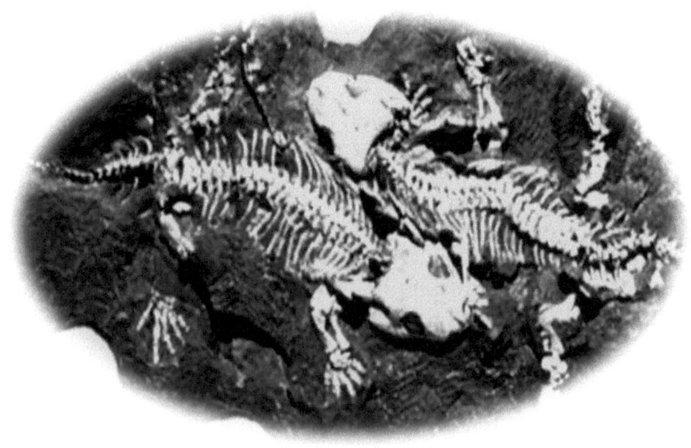

Sinnend betrachtete Wesley die beiden, die sich bei den wärmenden Strahlen der Sonne recht wohlzufühlen schienen.

Wesley wusste nicht, woher ihm plötzlich der Gedanke kam, dass die beiden wie ein Liebespaar aussahen. Den Gedanken schob er gleich wieder beiseite und sagte in seinem Inneren zu sich selbst: „So ein Blödsinn, Echsen und dann ein Liebespaar, das gibt es doch nur bei uns Menschen."

Die Liebe schien selbst hier, fern vom Heimatplaneten Erde, auf einem Himmelskörper der inmitten einer funkelnden Sternenwelt, in der Kälte, des Schweigens und der bodenlosen Weite des Universums schwebte, nicht zu vergehen.

Wesley und Sörensen machten sich auf Erkundungstour. Langsam, sich nach allen Seiten vorsichtig umschauend schritten sie vorwärts.

Am Anfang blieb die Landschaft unverändert.

Im Gänsemarsch, Wesley vorneweg und Sörensen hinterher ging es in Richtung eines etwas höheren Hügels.

Auf dem Nordhang zogen sich hier bewaldete und auf dem Südhang grasbewachsene Ausbreitungen hin.

Ein schmaler Streifen hochstämmiger Waldbäume bildete die Grenze zu einem Fluss, in dem das Wasser über größere und kleinere Steinen wild plätschernd dahin schoss.

Durch das dichte Unterholz des Nordhanges schlängelte sich ein schmaler Wildpfad. Verschiedenartige Sträucher und rankende Pflanzen bildeten hier eine undurchdringliche grüne Wand, die den Pfad von beiden Seiten umschloss. Durch das grüne Dach über den Köpfen der beiden Wanderer drangen die rötlichen Strahlen der Sonne.

Silbern tropfte Wasser von den Blättern der Bäume.

Überall in der Dämmerung glitzerte Feuchtigkeit.

Nie schien hier ein Sonnenstrahl den verfilzten Boden der dschungelartigen Gegend erreicht zu haben.

Unter dem dichten Dach riesiger Blätter brütete feucht-warmes, fiebriges Klima.

Auf der Hügelspitze angekommen ließen sich die Beiden auf einer plateauartigen sandigen und mit Geröll bedeckten Ebene im Gras nieder, um auszuruhen.

Überall wohin sie schauten, wuchernde üppige Vegetation.

An einzelnen Stellen erhoben sich dicht nebeneinander riesige acht bis zehn Meter hohe Schachtelhalme. Ihre grünen Zweige breiteten sich kurz über der Oberfläche des Planeten aus. Zwischen den Schachtelhalmen wuchsen verschiedene Arten baumähnlicher Farne. An den einzelnen Stellen bildeten die Schachtelhalme und Farne ein fast undurchdringliches Dickicht.

Eine verhältnismäßig flache Spalte, die das Plateau durchzog, mündete in einem Gewirr von Spalten.

Plötzlich ein krachen, splittern und stampfen.

Erschrocken zuckten Sörensen zusammen und rief: „Welf, horch mal, was ist das?"

Ehe Wesley antworten konnte brach aus dem grünen Dickicht auf der gegenüberliegenden Seite des Plateaus eine kleine Herde rötlicher, weißgefleckter Vierbeiner hervor, gefolgt von einem Rudel bunter Raubtiere.

Heulend und bellend verfolgten sie die Vierfüßler.

Wesley und Sörensen waren blitzschnell hinter den nächstliegend größeren Felsbrocken verschwunden und beobachteten aus der sicheren Deckung heraus das Geschehen.

Einem der rötlichen, weißgefleckten Vierbeiner versagten die Kräfte.

Sofort stürzte sich die Meute bunter Raubtiere auf das Geschöpf. Mit letzter Kraft schlug und biss es um sich.

Die Angreifer wichen den Hufen aus, ließen aber von dem Opfer nicht ab. Sie warteten, bis es erschöpft sein würde.

Im Hals des Tieres klaffte eine große Wunde. Es hatte auf der Flucht vor der wilden Meute bereits viel Blut verloren und stand jetzt entkräftet da. Ein Zucken lief durch den gewaltigen Körper.

Das Tier brach auf der Stelle zusammen.

Die gefräßige Meute schien nur auf diesen Moment gewartet zu haben. Sie stürzten sich mit wildem Geheul auf das Tier.

Zerrissen es in Stücke.

Keine Stunde dauerte es, da war von dem Tier nichts mehr übrig und die wilde Meute zog friedfertig weiter, als wäre nichts geschehen.

„Wo sind wir nur hier hingekommen, Welf?"

„Wenn ich es nicht genau wissen würde, dass wir hier auf einen fremden Planeten sind, dann hätte ich gesagt, es hat uns in die Vergangenheit der Erdgeschichte zurückverschlagen. In die graue Vorzeit unserer Erde."

„Ich kann das einfach nicht glauben!"

„Du hast recht, das kann nicht sein."

„Und doch ist es so."

„Weist du eigentlich, mit welchem erdgeschichtlichen Zeitalter, dies hier alles Ähnlichkeit haben könnte?"

„Etwa mit der Steinkohlezeit?" murmelte Sörensen vor sich hin.

„Sachte, sachte! Denk einmal an den großen Kontinent und die Tiere die hier leben. Es ähnelt alles sehr der Zeit des unterem Perm bzw. dem Trias."

„Ich sehe darin keine Logik."

„Komm, las uns weiter gehen, denn es hat sowie so keinen Zweck sich jetzt darüber den Kopf zu zerbrechen."

Sie suchten nach einem Weg, einer natürlichen Schneise und fanden einen Pfad, der sich zwischen einzelnen Felsbrocken und den Bäumen des Waldes hinzog.

Nach wenigen Metern gabelte sich dieser.

Links ging es zwischen Felsen und den Bäumen des Waldes weiter. Rechts verlor er sich im Dickicht.

Die Vegetation hatte sich verändert. Außer Schachtelhalme und Farne wuchsen hier Sago- und andere Palmen, die einige Meter über den Schachtelhalmen emporragten.

Der Waldboden war mit niedrigem borstigem Gras bedeckt.

Wesley blieb plötzliche stehen und zeigte mit ausgestreckten Arm nach rechts, wo sich der Pfad im Dickicht verlor und rief. „Sie mal dort!"

Sörensen zuckte zusammen. Im ersten Moment wusste er nicht, was los war. Schaute dann aber in die Richtung, in der Wesleys ausgestreckter Arm zeigte. Ein seltsames Gefühl beschlich ihn beim Anblick des Wesens, das er da zu sehen bekam.

Es war eine junge Echse, etwas größer als ein Mensch. Sie hatte einen plumpen Körper, massige und lange Hinterbeine und einen dicken Schwanz, der sich am Ende plötzlich verjüngte. Die Vorderbeine waren kurz und dünn, mit je fünf Zehen und kleinen scharfen Krallen, die Hinterbeine dagegen dreigliedrig und mit großen, aber stumpfen Krallen versehen. Der Bau des ganzen Körpers ließ erkennen, dass das Tier die vertikale Lage der horizontalen vorzog; denn sein hinterer Körperteil überragte den vorderen beträchtlich. Der Kopf war groß und sah mit seinen herabhängenden fleischigen Lippen und den kleinen Augen widerlich aus. Der Körper war, wie bei einem Frosch, nackt. Sicherlich fühlte sich die Haut schlüpfrig und kalt an.

Ehe Sörensen etwas dazu sagen konnte, war das Wesen im nahen Dickicht verschwunden. In der Nähe dieser Stelle prangten prächtige Magnolien im weißen Schmuck ihrer großen und duftenden Blüten.

Vorsichtig, sich immer wieder nach allen Seiten umschauend, gingen sie weiter, denn der Schreck saß ihnen immer noch in den Gliedern.

Vorbei kamen sie an einer kreisrunden Fläche von annähernd zweitausend Metern Durchmesser.

In dem feuchten Sand wuchs an verschiedenen Stellen kurzes Gras, dazwischen seltsame würfelförmige Büsche mit blauen Blättern und rostroten Ästen. Schlanke, schattenspendende, hochgewachsene Gewächse, die aussahen, wie Palmen vervollständigten das Bild.

Dazwischen das Rascheln winziger Tiere und von irgendwo her drang das Plätschern von Wasser an ihre Ohren.

Feucht und stickig die Luft durch die Ausdünstungen des dichten Waldes.

Die schwüle Hitze machte den Männern schwer zu schaffen. Nicht nur, dass der Schweiß auf der Stirn stand. Ständig mussten sie die heranrinnende Feuchtigkeit aus den Augen wischen.

Vögel und Tiere suchten Schutz im Schatten der Büsche und Bäume.

Als Wesley nach Norden schaute, erblickte er die wahre Ursache der unerträglichen Gluthitze.

Aus der blutroten Sonne löste sich eine spiralige Leuchterscheinung, die kurz darauf unter hallendem Donnerschlag zu Milliarden Sternen versprühte.

Es klang wie das Grollen eines Unwetters.

Ein Gewitter zog heran.

Am Horizont türmte sich in fantastischen Zacken eine dunkelviolette Wolkenwand auf, deren bläulich-purpurroter Saum grelle Blitze erhellte.

Die Wolkenwand kam schneller näher.

„Wir müssen zum Raumschiff zurück", wandte sich Wesley an Sörensen. „Es zieht ein tropischer Regenguss heran!"

„Na, dann beeile dich mal."

Im Laufschritt ging es in Richtung des Raumschiffes. Man konnte nicht wissen, was die Wetterfront mit sich bringen würde.

„Komm, lass uns eine Abkürzung nehmen, dort den Weg durch die Schlucht", wandte sich Wesley an Sörensen.

„Meinst du!"

„Ja, komm!"

Es war eine gespenstische Landschaft, die sie durchquerten. Grüner Felsen, grünes Wasser in einem dahinsprudelnden Bach, auf dessen Oberfläche große Blasen zerplatzten.

Der Weg verschlammt.

Der Morast klebte an den Schuhen.

Über alles wie ein grünes Tuch ausgespannt, grünlich schimmernder Dunst.

Selbst der schwer zu erschütternde Sörensen hatte Mühe, ein Gruseln zu unterdrücken. „Wer es in dieser Umgebung länger als zwei Stunden aushält, der hat entweder Nerven aus Stahl oder ist reif für die Klappsmühle", meinte er.

Stolpernd und strauchelnd ging es durch hohes Gras.

An abschüssigen Stellen rutschten sie des Öfteren aus, rappelten sich wieder auf und weiter ging es.

Endlich hatten sie das Ende der Schlucht erreicht und in greifbarer Nähe stand der Kugelraumer auf seinen vier Landestützen nur 30 Meter entfernt vor ihnen.

Er stand da, als würde ihm das Geschehen ringsumher nichts angehen.

Näher und näher rauschte das Unwetter heran.

Besorgnis erregt schaute sich Wesley immer wieder nach der hoch aufgetürmten Gewitterwand um, die näher und näher kam.

Der bläulich purpurrot umsäumte Wolkenrand hatte die Mitte des Himmels erreicht und verdeckte die Sonne.

Die dunkelvioletten Farben der sich hochauftürmenden Wolken gingen in ein undurchdringliches tiefes Schwarz über. Sie glichen einem Abgrund, den ganze Bündel greller Blitze in einem fort aufflammen ließen.

Die intensiven blau-weißen Blitze wirkten anders, als Wesley das von der Erde kannte. Sie ähnelten gigantischen flammenden Leuchtstoffröhren, die eine unsichtbare Faust bald hier, bald dort in die heran wälzende Wolkenwand drückte.

Der Donner grollte mit so elementarer Wucht, wie sie es bisher nie erlebt hatten.

Nacheinander ertönten ohrenbetäubende Explosionen, dann krachte es, als zerplatzten riesige Massen eines festen Sprengstoffes, dann brach es hervor wie Salven von Hunderten schweren Geschützen.

In dem Moment wo der Wirbelsturm mit einer Staubwolke, die drei- bis viermal so hoch wie der Kugelraumer war, heranbrauste, erreichten sie das Raumschiff.

Die Schleuse des Raumschiffes schloss sich hinter den beiden.

Rechtzeitig hatten sich Wesley und Sörensen im Inneren des Raumers in Sicherheit bringen können.

In der Luft wirbelten Wolken von Staub, Blättern, Blumen, Zweige, ganze entwurzelte Sträucher prallten gegen das blanke Metall und hüllte den Weltraumkreuzer in eine dunstige Wolke.

Der klagende Laut des Sturmes steigerte sich zu ohrenbetäubendem Prasseln, Schlagen und Fauchen.

Der Kugelraumer wankte nicht, er vibrierte nicht einmal.

Selbst in den kurzen Phasen der Ruhe zwischen den ohrenbetäubenden Donnerschlägen hörte das Pfeifen, Zischen und Krachen rundumher nicht auf.

Einzelne Regentropfen und walnussgroße Hagelkörner prasselten gegen den metallenen Körper des Raumschiffes. Vergleichbar mit dem Trommelsolo eines Schlagzeugers.

Dann brach vollkommene Finsternis herein.

Nur der Schein der Blitze erhellte für kurze Augenblicke das schreckliche Bild, das sich um den Kugelraumer herum bot.

Es schien als habe sich ringsum die ganze Landschaft mit ihren Bäumen, Sträuchern, Pflanzen und Gräsern in die Luft erhoben und jagte im Regenstrom und Hagelgewitter davon.

Der Plasmabildschirm war schwarz, fast tot. Auf jeden Fall zeigte er kein Bild mehr.

Nach einer viertel Stunde ließ das Unwetter merklich nach.

Die Windstöße wurden schwächer und schwächer.

Lärm und Donnergrollen verhallten in der Ferne.

Der Sturm hatte sich gelegt, aus dem Regenguss war ein nicht heftiger, aber dafür dauerhafter Landregen geworden, der bis zum Abend anhielt.

In der heraufziehenden Abenddämmerung jagten am Himmel nur vereinzelte graue Wolkenfetzen dahin.

Wesley hatte es sich im Schalensessel auf dem erhöhten Protest im Kommandostand bequem gemacht. Legte die Hände auf die Bedienungselemente in den Armlehnen des Sessels und überprüfte gewohnheitsmäßig die Funktionen und begann mit dem Startvorgang.

Auf dem Plasmabildschirm auch wieder ein Bild zu sehen.

„Was wollen wir noch hier?" meinte Wesley.

„Du hast recht", antwortete Sörensen. „Es ist zwar ein Planet mit erdähnlichen Bedingungen, mit Wesen, die sicherlich Eiweißstrukturen und Kohlenstoffketten aufweisen, aber wo sind die denkenden Wesen, Wesen die uns Menschen gleichen?"

Das Licht im Kommandostand erlosch.

Leises Summen ertönte.

Anzeigegeräte leuchteten auf.

Über den gigantischen Plasmabildschirm ging flimmernde Helligkeit, dann huschten farbige Muster über die konkave Mattscheibe und formten sich zu einem deutlich erkennbaren Bild.

Der Boden des Startfeldes zwischen den Landestützen war zu erkennen.

Wesleys Finger huschten flink über die Tastatur in der rechten Armlehne.

Das leise Summen, das aus den mächtigen Geräten auf dem bläulichen Metallsockel in der Mitte des Raumes kam, schwoll an.

Ein kaum spürbares Vibrieren ging durch den Leib des Sternenschiffes.

Es war das Anzeichen dafür, dass die Triebwerke ihre Tätigkeit aufgenommen hatten. Gleichzeitig lief der Anti-Masse-Generator an, um den Startandruck auszugleichen.

Auf der mittleren Instrumentenkonsole leuchtete das grüne Licht einer kleinen Tafel auf, mit dem gut, nur für Wesley lesbaren Schriftzug *Startbereit*.

Langsam schob Welf Wesley den Starthebel nach vorn.

Hinter ihm hob lautes Brummen an, tief zunächst, dann immer höher werdend, einen Augenblick schmerzhaft, schließlich nicht mehr wahrnehmbar für menschliche Ohren.

Unter dem breitausladenden Wulst des Raumschiffes rötliches Flimmern, dann glühte der wulstige Ring im grünlichen Licht durch die Verwandlung der zugeführten Strahlenmasse in Lichtquanten auf. Bläuliches Flimmern überdeckte mehr und mehr das grünliche Leuchten. Es legte sich wie ein Mantel um die untere Schiffshälfte, die jetzt von einem blau-weißen Lichtstrom um peitscht, wurde.

Die vier Landebeine verschwanden in den Öffnungen des Schiffskörpers, die sich durch die Auflageflächen schlossen.

Langsam sank die Kugel dem Planetenboden entgegen und blieb auf einem drei bis vier Meter starken Prallfeld schweben.

Der Anti-Masse-Generator zum Aufheben der Gravitation arbeitet mit voller Leistung.

Allmählich hob der gigantische kugelförmige Körper vom Boden des Planeten ab.

Tosen der Antriebsprojektoren.

Das bläuliche Schimmern der Lichtquanten peitschte rot glühend den felsigen Boden.

Dort wo die Lichtquanten direkt aufschlugen, entstand ein Krater, der im Inneren glutflüssig wurde.

Wie von Urgewalten getragen stieg das Raumschiff, in einem Schleier erhitzter Luft, langsam in die Höhe.

Ein Meter …

Zwei Meter …

Fünf Meter …

Immer schneller glitt das Sternenschiff empor.

50 Meter …

100 Meter …

Unter dem Kugelraum sank der Planetenboden weg.

800 Meter …

1.200 Meter …

Gleich einem Ungetüm der Unterwelt raste der kugelförmige Flugkörper in den Abendhimmel, der von Sekunde zu Sekunde dunkler wurde, bis die Sterne zu leuchten begannen.

Zurück blieb ein Kraterloch, das in heller Rotglut leuchtete.

Zurück blieben die seltsamen Lebewesen, die erst auf einer niedrigen Evolutionsstufe standen.

Die endlosen Steppen, zahlreiche Waldgebiete, die riesigen grünen Flächen des Urwaldes formten sich zu einem großen Kontinenten, verschwammen dann und waren nicht mehr zu unterscheiden.

Der namenlose Planet wurde vom Glanz der Sonne überstrahlt und versank immer schneller in die Unendlichkeit des Weltalls, je mehr der *Scout* beschleunigte.

Wesleys Blick überflog die Instrumente. Sie zeigten Werte, die alle im normalen Bereich lagen. Der Gigant beschleunigte mit sechzig Kilometer pro Sekunde.

Dennoch fühlten sie nichts davon.

„Wie lange willst du noch beschleunigen?" fragte Sörensen erregt.

„So lange bis wir die Lichtgeschwindigkeit erreicht haben", erklärte Wesley sachlich.

„Lichtgeschwindigkeit?"

„Na ja, annähernde Lichtgeschwindigkeit."

Der wulstige Ring des Sternenschiffes glühte jetzt in bläulichen Feuer, durch die Verwandlung der zugeführten Strahlenmasse in Lichtquanten.

Ein spürbarer Ruck ging durch das Sternenschiff, als der Tachyonen Antrieb sich automatisch zuschaltete.

Die Sonne, genau hinter der *Scout* befindlich, sackte förmlich in sich zusammen und wurde blitzartig zu einem winzigen Stecknadelkopf, dann war sie verschwunden.

Die anderen Sterne verkleinerten sich ebenfalls, verfärbten sich, wurden rot und violett - und dann schwarz.

Innerhalb von Minuten erreichten sie annähernde Lichtgeschwindigkeit.

Unablässig huschten leuchtende Zahlenketten über die Sichtflächen der Instrumente. Hin und wieder wurde das grünliche Flackern der Leuchtdioden durch ein gelbliches unterbrochen.

Die Geschwindigkeit erhöhte sich weiter, und langsam wurde das All wieder tiefschwarz. Nur quer zur Flugrichtung blieben einige Sterne sichtbare, ein Milchstraßen ähnlicher Ring, der sich in gigantischen Bogen um den *Scout* zu legen schien.

Geräuschlos glitt das Raumschiff dahin. Eine kleine Kurskorrektur, und im Zentrum des Plasmabildschirmes stand ein heller Stern.

Mit fast 100.000 Kilometer pro Stunde raste er durch das Weltall. Er war 4,5 Millionen Jahre alt. Sein Kern bestand aus Eisen. Sein Durchmesser betrug 40 Kilometer. Sein 100 Millionen Kilometer langer Schweif wurde dann immer sichtbar, wenn er sich einer Sonne näherte. Seine Energie war größer als alle Atomwaffen der Erde. Kollidierte dieser Komet mit einem Planeten würde er auf diesen mit 100.000 km/h einschlagen. Dies wäre schlimmer als die Explosion von einer Millionen Wasserstoffbomben. Ein Krater von 1.000 Kilometer Durchmesser und Tiefe würde entstehen, dazu eine Feuerwalze, die 10.000 Kilometer weit über den Planeten raste.

Ein gigantisches Schauspiel oder furchtbare Katastrophe mit schlimmsten Auswirkungen.

Aus Richtung der Lichtergruppen der Plejaden und der Hyaden im Sternbild des Taurus raste er heran.

Von den Plejaden, dem Siebengestirn, so wollten es die Indianer Mittel- und Südamerikas wissen, war der rotbärtige Gott Quetzalcoatl gekommen, hatte ihnen das Leben und ihre Gesetze gebracht. Hatte sie gelehrt, farbige Baumwolle zu züchten, und ihre Kultur zu einer nie gekannten Blüte gebracht.

Aus den Plejaden war die Urmutter aller Indios, Orjana, gekommen, war auf dem Titicacasee gelandet, hatte achtzig Kinder geboren und war zu den Sternen zurückgekehrt.

Da dieser Komet im Moment weit von einer Sonne entfernt seine Bahn zog, rauschte er als dunkles Objekt, mit schwach reflektierender Oberfläche durch das All. Ein Schatten im Nichts, eine dunkle Scheibe in der absoluten Schwärze. Die nur dadurch erkennbar war, dass sie andere Sterne verdeckte.

Genau dieses dunkle Objekt, mit der schwach reflektierenden Oberfläche erschien auf dem Plasmabildschirm des Kugelraumers als graues Fleckchen. Ein winziges Pünktchen, das kaum vernehmbar in den Sonnenstrahlen blinkte.

Der Flug des Raumschiffes führte in diesem Moment an einer gewaltigen Sonne vorbei, die fünfmal so groß wie gewöhnlich war. Auf ihrer gelblichweißen Scheibe, die von einer Unmenge blauschwarzer Punkte übersät war, stand eine blutrote Flammenwand.

Es war furchterregend sie anzusehen, doch man konnte unmöglich die Augen von diesem großartigen Anblick lassen. Alles versank in Feuer und Licht. Es war, als verspüre man den mächtigen Hitzedruck der Strahlen.

Um die gewaltige Sonne schwebte langsam rotierend ein Planet, einem orangefarbenen Ball nicht unähnlich. Er befand sich so weit von ihr entfernt, um die durchschnittliche Temperatur auf den Nullpunkt absinken zu lassen. Kein Zeichen intelligenten Lebens.

Im Kommandostand war es still geworden, als hätte es der Besatzung angesichts des überwältigenden Anblicks den Atem verschlagen.

Welf Wesley konnte sich nur mit Mühe diesen Anblick entziehen und hatte sofort das Fleckchen am Rande des Plasmabildschirmes erblickt.

Dann sahen es Sven Sörensen und Peer Weick.

Das Fleckchen war neblig und undurchsichtig. Es bewegte sich auf die Flugbahn des Raumschiffes zu, das jetzt mit Unterlichtgeschwindigkeit flog.

Das seltsame Flugobjekt befand sich fünfundzwanzig Millionen Kilometer weit entfernt.

„Das ist ein Komet", sagte Wesley nach einer Weile. „Eigentümlich, an dieser Stelle des Weltraumes dürfte zu dieser Zeit kein bekannter Komet auftauchen. Mir scheint, dass wir es hier mit der Rückkehr eines weit gereisten Weltenbummlers zu tun haben. Er kommt auf seiner hyperbolischen Bahn in ungefähr tausend Jahren, den einzelnen Sonnen nur nahe. Zieht genau nur einmal an ihnen vorbei und verschwindet dann wieder im Dunkel des Weltalls."

„Aber warum noch kein Alarm?" wollte Peer Weick wissen.

„Der feste Kern des Kometen ist sehr klein. Er besteht vor allem aus gefrorenen Gasen, also Eis, doch die Oberfläche des Kometenkerns ist heiß und trocken. Eine harte Kruste aus verschmolzenem Staub überzieht seine Oberfläche. Der Kern des leuchtenden Himmelskörpers ist tiefschwarz. Die übrige Kometenmasse aber besteht aus Staub und Gas, die von den Strahlen der Sonnen an denen er vorbei fliegt sichtbar gemacht werden."

„Daher, der Name Schweifstern", äußerte Peer Weick seine Meinung.

„Wenn der Komet ein Sonnensystem durchflogen hat, verschwindet er wieder im Weltall. Manchmal lassen Kometen aber auch kleine Stückchen fallen, die Meteore. Sobald diese in die Atmosphäre eines Planeten eintreten, ziehen sie als Sternschnuppen dahin und verglühen", ergänzte Sven Sörensen.

„Also dann! Wollen mal sehen, was da auf uns zukommt!" sagte Welf Wesley optimistisch und warf dem weißglänzenden Klümpchen, das mit seinem buntem Schwanz die kohlschwarze Finsternis des Weltraumes und das Gefilde der Sterne verdeckte, trotzdem einen misstrauischen Blick zu. „Dieser Regenbogen gefällt mir ganz und gar nicht. Schön sieht er freilich aus … Also dann, wer wagt, gewinnt!"

„Was meinst du damit? ... Also dann, wer wagt, gewinnt“, wollte Sörensen sofort wissen.

„Antworten“, sagte er. „Antworten auf all unsere Fragen. Diese Gelegenheit ergibt sich für uns so schnell nicht wieder.“

„Und was haben wir davon?“

„Hier bietet sich für uns eine bisher ungeahnte Möglichkeit, dem Schweif des Kometen einen Besuch abzustatten“.

„Bist du verrückt geworden! Die Außenhülle des Raumschiffes könnte sich so erhitzen, dass wir wie in einem Grill geröstet werden. Das könnte unseren sicheren Tod bedeuten.“

„Keine Angst, den Kugelraumer kann so ein Schweifstern nichts anhaben. Ich lasse die Parameter des Kometen durch den Bordcomputer laufen, da wissen wir dann genau Bescheid.“

„Du spinnst!“

„Ich spinne nicht!“

„Und was machen wir gegen die Magnetfelder?“

„Was für Magnetfelder?“ Wesley ließ sich nicht weiter beirren, dazu, wo die angestellten Berechnungen beruhigend waren. Mit einer Überhitzung der Außenhaut des Kugelraumers und elektromagnetischen Feldern war nicht zu rechnen.

„Na, dann mach doch, was du nicht lassen kannst.“

Stille, eine ungeheuerliche Stille überlagerte mit einmal alles. Sie schien nicht auf dem Raum zu lasten, vielmehr schien sie von ihm auszugehen. Die Stille schien eine Komponente des Raums zu sein.

Der graue Glanz um den Kern verstärkte sich und erinnerte an Sternenstaub im Sonnenlicht. Der Kopf des Kometen und sein Schweif strahlten ihr eigenes Licht aus.

Kurskorrekturen erfolgten und das Raumschiff flog jetzt längs des Kometenschweifes mit unveränderter

Geschwindigkeit. Es beschleunigte nicht mehr, wurde aber nicht langsamer.

Die Zeit verstrich, ohne dass etwas geschah.

Bis zum Eintauchen in den Kometenschweif blieben einige Stunden, aber schon umgab silbriger Rauch das Raumschiff.

Kegelförmige gelbe und violette Strahlungsgarben umspielten den wulstigen Antriebsring des Kugelraumers.

Das Flackern der Strahlung wurde immer intensiver. Und dann war da ein Schrillen, das immer lauter wurde.

Durch die Sonneneinstrahlung verdampften die im Kometen gebundenen Gase und bildeten eine Koma, eine diffuse Hülle aus Gas und Staub um den Kern. Vom Sonnenwind verweht bildete die Koma einen von der Sonne wegzeigenden Schweif, der eine Länge von mehreren Millionen Kilometern zeigte und durch das reflektierende Sonnenlicht hell leuchtete.

Einen erstaunlicheren Anblick bot der Kometenkern, der fast dreimal so groß, wie die Erdkugel war. Er funkelte wie poliertes Gold, wie ein Berg von Diamanten, Rubinen und Smaragden. Zwischen den Klumpen zuckten Blitze elektrischer Ladungen hin und her.

Der Kern verschwand immer mehr aus dem Gesichtsfeld.

Wesley kam es vor, als ob dieser Zustand schon mehrere Stunden andauerte. Unbeweglich saß er im Kommandantensessel und konnte seinen Blick nicht von diesem faszinierenden Schauspiel abwenden.

Mit den Worten „Was ist denn nun?“ riss die Stimme Sörensens, Wesley in die Wirklichkeit zurück.

„Was soll denn sein?“ Wesley schaute dabei Sörensen an.

„Du wolltest doch unbedingt hinein ... Was ist denn nun?“

„Ist schon gut. Es geht jetzt hinein. Schnallt euch aber vorsichtshalber an. Ich kann euch nicht sagen ob wir in irgendwelche Turbulenzen geraten."

„Auch dass noch!"

Wesley übernahm anstelle der automatischen Steuerung die Führung des Raumschiffes. Seine Augen leuchteten. Er schien gleichsam mit dem Kugelraumer zu verschmelzen.

Wieder änderte das Raumschiff den Kurs, diesmal aber durch menschliche Hand. Es hielt direkt auf den zerfließenden Schweif des Kometen zu.

„Wollen mal sehen, wie dieses Wunder von innen aussieht!" schrie Wesley, obgleich in der Kommandozentrale absolut Still herrschte.

Das *Wunder* aber wurde immer größer. Mit einem Blick konnte man es schon nicht mehr erfassen. Nur hinter dem Kugelraumer gähnte nach wie vor die tiefe Schwärze des Weltalls.

Die Temperatur der Außenhaut stieg. In einer viertel Stunde hatte sie fünfunddreißig Grad erreich, trotz der herrschenden Weltraumkälte.

Draußen schwoll der Lärm an, ähnlich wie bei den Tosen eines riesigen Wasserfalls.

Atemlos verfolgte Wesley das Geschehen und für einen Moment kam ihm der Gedanke, das ganze Vorhaben abzubrechen und so schnell wie möglich das Gemisch aus Staub und Gasen zu verlassen.

Und schon hatte der Komet sie gefangen genommen.

War denn das möglich?

Wenn es stimmte, so war dieser grünliche Schimmer der Kometenschweif.

„Was bedeuten die weißen, diamantenähnlichen Pünktchen?" wollte Peer Weick wissen.

„Teile des Kometeninneren bestehen aus verunreinigtem Eis und Kohlensäure."

In den Kometen vollzog sich ein unverständlicher Stoffwechsel zwischen Zyan, Kohlenstoff, Stickstoff und Kohlendioxid umgeben von einem elektromagnetischen Feld.

Die Neugier oder war es gar der Forscherdrang, der letztendlich über Wesley siegte.

„Das ist mir unbegreiflich", sagte Sörensen, der bei einem Blick auf die Messinstrumente feststellte, dass die Ionisierung stärker geworden war.

Der Lärm außerhalb des Raumschiffes erinnerte jetzt nicht mehr an das Rauschen eines Wasserfalls, sondern an das tiefe Brummen eines Transformators.

In der Kommandozentrale wurde es merklich wärmer.

Wesley kniff die Augen zu, aber die Helligkeit des Kometen schien von allen Seiten auf ihn einzudringen und sich in sein Gehirn zu fressen. Ihm schien es, als sei der ganze Weltraum erfüllt vom tiefen Brummen.

Die Hülle des Kugelraumers hatte sich auf fünfhundert Grad erwärmt. Doch das Material der Außenwände schützte die Besatzung vor dieser Hitze.

In einem gigantischen elektromagnetischen Feld, das Stärke und Richtung in Sekundenbruchteilen zu wechseln schien, schoss der Kugelraumer dahin.

Wesley blickte wie gebannt auf die Instrumentenkonsolen, die plötzliche Werte anzeigten, die seine Vorstellungen überstiegen.

Da brach plötzlich eine Flut von Licht über ihn herein, dass er instinktiv die Augen schloss.

Intensives kobaltblaues Leuchten.

Fast mit den Händen war es greifbar. Es bohrte sich schmerzhaft durch die geschlossenen Lider.

Erstaunt stellte Wesley fest, dass er mit geschlossenen Augen Sörensens Schatten sah. Als er die Augenlider einen winzigen Spalt öffnete, erblickte er ein Meer hellblauer Fünkchen, die wie Flocken eines Schneesturms durch die Kabine wirbelten.

Nach allen Richtungen bewegte sich im Kommandostand der mächtige Strom dieser Teilchen. Sie durchdrangen nicht nur mühelos die Kabinenwand, schossen durch Wesley hindurch, drangen Sörensen durch die Brust, die Arme, die Augen …

Mit einer Reflexbewegung hob Wesley die Hände, um das Gesicht zu schützen.

Wie sichtbar gemachte Röntgenstrahlen durchdrang sie ein Orkan hellblau wirbelnder Funken.

Das Schauspiel war von geisterhafter Schönheit, die die Empfindung bis an die Schmerzgrenze steigerte.

Wesley wusste, dass er bei Besinnung war, jedoch gelang es ihm nicht, ein Glied zu rühren. Seine Augen verweigerten ebenfalls den Dienst. Wichtige Zentren seines Gehirns schienen ausgefallen zu sein. Seltsamerweise konnte er aber klar und logisch denken. Er legte sich zurück, schloss für einen Moment die Augen und spürte, wie eine siedend heiße Welle über ihn hinwegbrauste.

Achtundzwanzig Minuten flog das Weltraumschiff bereits durch den Kometenschweif.

Als sich die Lichtkaskaden und Farbexplosionen allmählich abschwächten, hinterließen sie bei Wesley ein Gefühl stiller Sehnsucht. Wie es immer ist, wenn eindrucksvolle Erlebnisse Enden. Dieses Inferno kosmischer Urgewalten könnte er stundenlang bestaunen.

Das Weltraumschiff umspielte eine regenbogenbunte Windhose.

Von der Gluthitze, die außerhalb tobte, war außer den Geräuschen in der Kommandozentrale nichts zu spüren. Die Temperatur war konstant geblieben. Nicht nur wegen der äußerst stabilen Außenhaut des Raumers. Das ausgeklügelte Kühlsystem der *Scout* erfüllte seine Aufgabe ohne jegliche Störung.

„Ich verstehe das nicht", murmelte Peer Weick und schaute dabei Wesley an. „Ich verstehe überhaupt nichts mehr. Um uns herum tobt ein elektrischer Sturm. Aber wodurch wird dieser hervorgerufen?"

„War er nicht schon vor unserem Erscheinen da?" fügte Sörensen hinzu.

„In geringem Maße, aber da war er schon. Wir wirkten wie ein Eisenkern", erwiderte Wesley, der aus seinem Trance ähnlichen Zustand in die Wirklichkeit zurückgekehrt war. Immer noch dröhnte sein Schädel von der fremden Kraft, die auf ihn eingeströmt war, und immer und immer wieder versucht hatte sein eigenes Denken auszulöschen, ihn zu einem ohnmächtigen, lallenden Ding zu machen.

Die Außenfläche des Weltraunkreuzers wurde immer heißer. Sie hatte eine Temperatur von achthundertfünfzig Grad erreicht und sie stieg immer noch.

Die Minuten krochen dahin.

Neben dem von der Sonne abweisenden Hauptschweif des Kometen schossen nach allen Seiten Gasstrahlen, so genannte Jets hervor.

„Der Kosmos grüßt uns mit einem Feuerwerk", bemerkte Peer Weick.

Plötzlich flammte ein heller Schein in der Kommandozentrale auf, dass die drei geblendet die Augen schließen mussten.

Auf Sörensens erschrockenen Ausruf hin: „Was passiert denn jetzt?" lenkte Wesley, der sofort wusste, welche Ursache diese Erscheinung hatte, beruhigend ein: „Wir kennen dieses Phänomen von der Erde her, wenn Sonnenplasma das Erdmagnetfeld durchbricht und in die Atmosphäre eindringt. Es kommt dann zu Erscheinungen der sogenannten Polarlichter".

„Du willst doch nicht behaupten, dass sich das Leuchten des Polarlichtes in die Kommandozentrale verirrt hat?"

Wesley versuchte, seine Beunruhigung zu verbergen. Solch starke Magnetfelder, wie das Raumschiff im Moment durchflog, waren ihm bisher unbekannt.

Achtundzwanzig Minuten flog bereits der *Scout* durch den Kometenschweif.

Blieben vierzehn bis fünfzehn Minuten.

Deutlich war auf der von der Sonnenposition abgewandten Seite ein geradliniger Gasschweif zuerkennen. Die von der Koma wegströmenden Staubteilchen bewegten sich hier langsamer und folgten der gekrümmten Flugbahn des Kometen.

Das brummende Geräusch wie bei einem Transformator war in der Zwischenzeit verklungen und wieder in das Rauschen eines Wasserfalls übergegangen.

Die Entladungen der zuckenden Blitze ließen nach. Die gelben und violetten Strahlengarben am Wulstring des Kugelraumes verschwanden.

Wesley steuerte den Weltraumkreuzer mit sicherer Hand aus den letzten Ausläufern des Schweifsterns heraus.

„Das hätten wir doch geschafft!" lächelte er aufmunternd.

„Das Biest liegt hinter uns und der Weg ist wieder frei", antwortete Sörensen. „War das überhaupt notwendig, so ein Risiko einzugehen?"

Bei ihrer Diskussion um die Notwendigkeit und Nichtnotwendigkeit, des soeben erlebten verloren sie den Kometen aus den Augen.

„Wir bewegen uns geradewegs auf das Zentrum der Milchstraße zu", werden die beiden in ihrem Meinungsaustausch von Peer Weick unterbrochen.

Wesley schaute darauf zum Plasmabildschirm hin und stellte mit Erstaunen fest, dass der Komet nicht mehr zu sehen war.

„Wo ist der Schweifstern geblieben?" meinte Welf Wesley. „Wie seltsam, ich kann das nicht begreifen. Oder soll das immer schwächer werdende Pünktchen dort zwischen den Sternen unser Komet sein."

„Das kann schon sein, denn je mehr er sich von der Sonne entfernt fehlt ihm das Licht der Sonnenstrahlen, die seinen Schweif zum Leuchten bringt", erwidert Sörensen.

Welf Wesley streckte die Beine bequem aus, schloss die Augen und rief sich die letzten Ereignisse der vergangenen Stunden ins Gedächtnis zurück. Langsam beruhigten sich seine angespannten Nerven, denn der Flug in dem Kometenschweif war nicht ganz spurlos an ihm vorbeigegangen.

Kalt und starr leuchtete das Lichtpünktchen zwischen den Sternen, dass sie als Komet in den vergangenen Stunden erlebt hatten. Splitter eines unbekannten Planeten, Teilchen einer versunkenen Welt.

„Wir beschleunigen!"

Das ganze Universum wurde schwarz und sternenlos.

Wesley bemerkte es als erster. Sein ausgestreckter Arm zeigte auf den Plasmabildschirm, wo eine wirbelnde Masse gasförmiger Materie auftauchte, die sich in einem Zustand rasender Umdrehung befand. Glühende Wolken wurden durch die Zentrifugalkraft fortgeschleudert, machten sich selbstständig, blieben aber im Gravitationsbereich des flammenden Zentralballs.

„Dort entsteht ein Sonnensystem" murmelte Wesley ergriffen. „Noch nie zuvor hatte ein menschliches Auge die Geburt einer Welt erlebt, geschweige denn die Geburt eines ganzen Sonnensystems. In wie viel Jahrmillionen wird sich dort das erste Leben regen?"

„Es wird Milliarden Jahre dauern", murmelte Sörensen. „Zuerst kühlen sich die geschleuderten Gaswolken ab und formen sich zu Planeten. Ewigkeiten wird es dauern, bis Wasser entsteht und eine Atmosphäre. Und erst dann wird sich erweisen müssen, ob der zufällige Prozess, der auf der Erde stattfand, hier von der Natur wiederholt wird. Der Prozess nämlich, der die erste Zelle schuf."

Peer Weick hatte dem Geschehenen wortlos zugeschaut und sich in seine Beobachtungen vertieft. Die Bemerkungen seiner Gefährten vernahm er zwar, aber er ging nicht auf sie ein. Statt dessen wandte er sich plötzlich an Wesley: „Hier wirkt doch die mächtigste Urkraft, die die Materie in allen Zustandsformen zu solchen komplizierten Gebilden ordnet - die Gravitationskraft.“

„Du hast recht!“

Das Kugelraumschiff schoss zurzeit in das planetarische System einer gelben Sonne hinein. Die Entfernung zu dem Stern betrug knapp eine Milliarde Kilometer.

Die gewohnten Sternbilder waren längst unsichtbar geworden.

Obwohl das Schiff sich innerhalb eines offenen Sternenhaufens befand, in dem die Ballung der einzelnen Sonnen nicht so dicht war wie in den Kugelhaufen, hatte sich der erkennbare Raum verwandelt. Es flimmerte und gleißte rings um das Schiff. Jedes der vielen Lichtpünktchen war eine andere Sonne; alle standen sie näher beisammen, als man es gewohnt war.

Matt Gelb blinkende Punkte in den kalten, schwarzblauen Abgrund eingebettet Sonnen, ferne, fremde Sonnen.

„Das sind ja unendlich viele Himmelskörper“, meinte Peer Weick.

„Unter denen es sicherlich irgendwo da draußen eine fremde Galaxie gibt, die der Milchstraße zum Verwechseln ähnlich sieht“, äußerte sich Sörensen.

„Wirklich! Das würde doch heißen, dass irgendwo ein Sonnensystem existiert, mit einem Planeten, der zufällig genauso aussieht wie unserer Erdball und von seinen Einwohnern *Erde* genannt wird.“

„Unser Universum ist eben nur ein kleiner Teil der eigentlichen Wirklichkeit.“

„Das ist mir zu kompliziert.“

„Da habe ich ein schönes Beispiel für dich.“

„Was für ein Beispiel?"

„Dass im unendlichen Raum nur ein einziger Kosmos entsteht, ist ebenso unwahrscheinlich, wie das auf einer großen Ackerfläche nur ein einziger Getreidehalm heranwächst."

Das Sternenschiff schoss als winziges Sternchen inmitten des endlosen Raumes dahin, in dem die unzähligen Sternengiganten als ein Nichts galten.

Verteilte man die Materie der zehn Trillionen Sterne, wo jeder Kubikmeter davon wiederum Trillionen Atome enthielt auf den Raum und nahm die Materie hinzu, die sich zwischen den Sternen befand - war das ebenso viel wie die Materie aller Sterne zusammen. Das bedeutete, das für jeden Kubikmeter Raum nur zwei Atome blieben.

Weit voraus begann das All rot zu glühen. Aus dem Nichts heraus, als öffnete ein schläfriger Zyklop müde einen Spalt breit sein furchtbares Auge.

Gebannt starrte Wesley auf die bizarre Erscheinung.

Plötzlich veränderte sich die Farbe und wechselte über ins tiefrot und begann bedrohlich zu flackern.

Gewaltige Wolken kosmischen Nebels, die sich bald lichteten, bald verdichteten, strebte auf das Zyklopenauge zu und vereinigte sich zu einem glühenden Gasball.

„Was geht da vor sich?" wollte Peer Weick wissen.

Bekam aber keine Antwort. Was weiter nicht verwunderlich war. Wesley und Sörensen waren so fasziniert von dem, was sie da zu sehen bekamen, dass sie seine Frage überhörten.

Unter dem Druck der eigenen Gravitation qualmte der Kern im Inneren des Zyklopenauges wie schlechtes Feuer, von einer mächtigen Gaswolke umhüllt. Gigantische Massen gasförmigen Wasserstoffs stoben, wie sturmgetrieben, vom Kern aus in alle Richtungen. Der glühende Gasball loderte auf zu einer strahlenden Sonne.

Jetzt war Peer Weick hin- und hergerissen von dem Schauspiel der Naturkräfte, das sich ihnen da bot. „Was geht da vor sich?" wollte er erneut wissen.

Endlich bekam er seine Antwort von Wesley: „Wenn ich es nicht anders wüsste … Nein … Doch … vor unseren Augen entsteht ein Stern."

„Das ist doch unmöglich."

„In einem Universum, das sich grenzenlos inflationär ausdehnt, passiert alles, was überhaupt passieren kann, und zwar unendlich oft" antwortete Wesley.

„Du bist ja ein ganz Schlauer! Woher weiß du das?"

„Vielleicht haben die Außerirdischen mir damals nicht nur beigebracht, wie der Kugelraumer zu fliegen ist?"

Wesley sah sich im Geiste wieder in dem kleinen Kugelraum, den er damals, als sie sich auf dem Planeten Hope befanden, im Sternenschiff entdeckte. In der Mitte der Stuhl, darüber das Gebilde, welches eine verblüffende Ähnlichkeit mit einer Trockenhaube hatte, nur das zahlreiche Kabel zu einem seltsamen Kasten führten. Und auf diesem Stuhl saß er. Displays zuckten farbig. Armaturen leuchteten auf. Von einer unsichtbaren Kraft in den Sessel gepresst stülpte sich langsam die Haube über seinen Kopf. Stechende Schmerzen an den Schläfen und am Hinterkopf ließen die Sinne schwinden. Schwarz wurde es ihm vor den Augen. Nach einiger Zeit begannen seine Augenlider wieder zu flattern und sich langsam zu öffnen. Damals fiel es ihm wie Schuppen von den Augen, dass er in der Lage war, den Sternkreuzer zu fliegen.

„Was soll das heißen?"

„Scheinbar auch etwas von ihrem unerschöpflichen Wissen über die im Universum vorherrschenden Gesetzmäßigkeiten."

Die riesige Scheibe, des glühenden Sterns aus der grellrote Protuberanzen hervor schossen, als wollten diese jeden Moment explodieren, beherrschte den größten Teil des Plasmabildschirmes.

Das dem Weltraumschiff vorauseilende Schutzschild fing jedes so winzige Partikelteilchen ab oder ließ größere Materieteilchen verglühen.

Mit einmal begann der Kugelraumer leicht zu vibrieren, Einrichtungsgegenstände pendelten leicht hin und her. Ein seltsames *Zwitschern* drang an ihre Ohren.

Erschrocken sahen sich alle drei an. So etwas hatten sie auf ihrer bisherigen Reise durch die endlose Weite des Alls noch nicht erlebt.

Dann lief in leichtes Schmunzeln über Wesleys Gesichtszüge.

„Was gibt es da zu feixen. Dir kommt das wohl alles recht komisch vor", kam es ärgerlich über Sörensens Lippen, der Wesleys grinsen als erster bemerkte.

„Das kommt mir nicht komisch vor. Ich weiß, was das bedeutet und woher es kommt."

„Nun rede schon!"

„Die Ursache dafür ist das Zyklopenauge, das die gewaltigen Wolken kosmischen Nebels anzog und diese zu einem glühenden Gasball vereinigte. Die Gravitationskräfte, die dafür sorgten, dass aus dem glühenden Gasball eine strahlende Sonne wurde, lösten gleichzeitig Gravitationswellen aus."

„Gravitationswellen?"

„Was ist denn das schon wieder, Gravitationswellen? Gibt es so etwas überhaupt?"

„Das Zyklopenauge hat das Raumzeitgefüge erzittern lassen, wie ein Hammer, der auf eine unendlich ausgedehnte

Stahlplatte niedergeht. Dadurch wurden Gravitationswellen ausgelöst. Es handelt es sich um winzige Verzerrungen der Raumzeit, die sich wellenartig - vergleichbar mit Wasserwellen in einem Teich - im Raum mit Lichtgeschwindigkeit ausbreiten."

„Das mag einer verstehen, wer will, aber nicht ich" antwortete Peer Weick.

„Warum willst du das denn nicht verstehen?", wandte sich Sörensen an Peer Weick, „das ist erstens gar nicht so schwer und zweitens auch noch hoch interessant."

„Die Gravitationswellen besitzen keine Masse", fuhr Wesley fort „breiten sich völlig ungehindert im Kosmos aus. Egal, was ihnen in den Weg kommt. Sie sind anders als alle Wellen, wie etwa das Licht oder Schallwellen. Gravitationswellen gehen einfach durch die Sterne hindurch und können sich auch im Vakuum fortpflanzen."

„Hör auf! Ich kann das nicht mehr hören. Das ist zu viel für mich" versuchte Peer Weick Wesley zu unterbrechen.

„Nur noch eine Bemerkung, dann höre ich auf ... Wie ich sehe überfordert dich doch dieses Thema ... Die Wellen dehnen und Strecken den Raum nicht bloß parallel und senkrecht zu ihrer Ausbreitungsrichtung. Gewissermaßen atmen sie!"

„So ein Blödsinn jetzt atmen die Gravitationswellen auch noch" kam es ungläubig über Peer Weicks Lippen.

„Genau, und nicht nur das, man kann sie auch hören. Ihr habt das *Zwitschern* vernommen? ... Es war das erste Anzeichen von Gravitationswellen, ein winziges Rütteln der Raumzeit, das sich beschleunigte und dann wieder verebbte. Ein kurzzeitiges Beben in der Raumzeit."

Ungläubig schaute Peer Weick Wesley immer noch an.

„Komm, lass sein Welf. Es hat keinen Zweck. Peer will es einfach nicht begreifen."

„Du hast recht", damit wandte Wesley sich wieder dem Plasmabildschirm zu.

Wesley schaute angestrengt auf die Projektionsfläche und sah in diesem Moment mehr als nur das Flimmern der Sterne, die wie ein Spiegelbild des Universums auf einer schwingenden Metallplatte hin und her zitterten. Ein funkelndes undurchsichtiges, kugelrundes Etwas tauchte in diesem Moment, wie aus dem Nichts hinter der Sonne, aus der mit Sternen gespickten Dunkelheit des Universums, auf.

Unbeirrt schien das längliche Gebilde seinen Kurs in Richtung des Sternenkreuzers beizubehalten.

Es kam näher und näher.

Nahm an Größe zu.

Begann durchscheinend zu werden.

Deutlich kristallisierten sich die Konturen eines demolierten Raumschiffes heraus, umhüllt von einer durchsichtigen Aufblähung.

Ein entsetzlicher Anblick, bei dem nicht nur Wesley eine Gänsehaut über den Rücken lief.

Irgendetwas musste den Flugkörper, der Ähnlichkeit mit einem Raumkreuzer hatte, in Sekundenbruchteilen aus der Bahn gerissen und in ein Gebilde ähnlich einer Seifenblase gehüllt haben.

Wesley vermutete sofort, dass die Ursache für die Entstehung des seltsamen Dings da, bei dem Zyklopenauge liegen musste. Hervorgerufen durch die Entstehung der Raumkrümmung.

Jedenfalls schien eine heftige Explosion innerhalb des Rumpfes, den hinteren Teil des lang gestreckten Körpers zerstört zu haben. Die vordere Hälfte war intakt. Splitter rasierten hier die Antennen und herausgeschobene Teleskope weg. Stellenweise war die Außenwandung wie von einem Griffel zerkratzt.

Ob dabei eine grellweiße Feuersäule viele Hundert Meter weit hinaus in den Weltraum schoss und der Luftdruck der Explosion die darauf folgte das übrige erledigte, konnten sie nur vermuten.

Das abgeschlagene Heck, das im All schwebte, ähnelte einem riesigen Fischschwanz.

Bei dem regen Meinungsaustausch über die Gravitationswellen hatte Wesley mit einem Auge auf dem Plasmabildschirm dennoch mit bekommen, was da auf sie zu gesegelt kam.

Ein träge im All taumelndes Wrack eines Raumschiffes, das gleißend das Sternenlicht reflektierte.

Nach dem Wesley, die beiden andern darauf aufmerksam gemacht hatte, beäugten sie gemeinsam mit gespannter Miene die Überreste des immer näher kommenden Flugkörpers.

Die durchsichtige Umhüllung platzte wie eine Seifenblase.

Der miserable Leib zeichnete sich jetzt als schwarze Silhouette gegen den Hintergrund eines eigenartigen Sammelsuriums von nachtschwarzem Weltraum, glitzernder blinkender Sternenwelt und bunt schillernd wirkenden riesigen durchsichtigen Wolkengebilden ab.

Gespickt war das Raumschiff mit Resten zusätzlicher Aufbauten, Auswüchsen und antennenartigem sperrigem zerfetztem Geflecht.

All das wirkte bedrohlich und vertrauenserweckend zugleich, solid auf jeden Fall.

Lange diskutierten sie über den lädierten Flugkörper. Dabei ging es immer wieder um die Frage, wo er herkam?

Was zur Zerstörung geführt haben könnte interessierte im Moment weniger.

Nach langem Hin und Her waren sie sich letzten Endes einig geworden, dem ramponierten Weltraumschiff einen Besuch abzustatten.

Um Worten Taten folgen zu lassen beendete Wesley mit einer Handbewegung die Diskussion: „Ich werde mit Sven aussteigen. Peer, du bleibst an Bord.“

„Immer ich, warum Sven?“

„Sven hat mehr Erfahrung wie du und zweitens, weil ich es so festgelegt habe."

Schnell hatten sie den Skaphander angezogen und verschwanden in der Schleuse.

Mit leisem Zischen schloss sich die Innentür der Druckkammer, die hinaus in den Weltraum führte. Wesley betätigte den Hebel zur Herstellung des Druckausgleiches und keine zehn Minuten später ließ sich das äußere Schott öffnen.

In der Kommandozentrale flammte ein Bildschirm auf, vor dem Peer Weick Platz genommen hatte, von dem aus er den Ausstieg der beiden über eine Außenbordkamera beobachtete.

In der Außenhaut zeigte sich eine kreisrunde Öffnung, in der kurz darauf Wesley und Sörensen erschienen. Der Lift, der sie nach draußen gebracht hatte, hielt mit einem sanften Ruck.

Die beiden Männer stießen aus und stieß sich von der Hülle des Sternenschiffes ab. Glitten schwebend mit ausgebreiteten Armen hinaus in den Weltraum, dem zerstörten Raumschiff entgegen.

Immer schneller, seinen Flug mit der Rückstoßpistole ständig korrigierend sauste Wesley auf den zerstörten Flugkörper zu.

Sörensen folgte ihm auf dem Fuße.

Seit Langem befanden sie sich wieder im freien Raum.

Obwohl beide solche Ausstiege schon des Öfteren durchführten, war es immer wieder ein überwältigendes Erlebnis.

Trotz der rasanten Geschwindigkeit mit der sie sich durch den luftleeren Raum und die Schwerelosigkeit bewegten, schienen sie mit den beiden Raumschiffen unbeweglich auf einem und denselben Fleck zu schweben.

Auf der einen Seite der bläulich schimmernde Kugelraumer, auf der anderen das beschädigte Raumschiff unbekannter Herkunft und die Beiden mitten dazwischen.

Natürlich wusste Wesley, wie dieser Eindruck zustande
kam. Sie besaßen in jedem Bruchteil einer Sekunde die gleiche Geschwindigkeit wie die beiden Flugkörper.

Eine kleine Welt für sich.

Dennoch wirkte es immer wieder verblüffend.

Ähnlich verhielt es sich mit der Schwerelosigkeit. Es
war wie im Inneren des Raumschiffes, wenn der Anti-
Masse-Generator ausgeschaltet war - und dennoch wiederum war es anders.

Man hatte eben das Gefühl draußen zu sein. Es fehlten
die schützenden Wände, die Begrenzung des Kugelraumers.

Über und unter den dahinschwebenden Körpern
Wesleys und Sörensens die Unendlichkeit des Weltraumes.

Lautlos glitten beide durch diese endlose Weite.

Je näher sie dem beschädigtem Raumschiff kamen,
desto deutlicher waren Einzelheiten zu erkennen.

Welf schwebte jetzt nur zehn Meter entfernt vom Über-
rest des Schiffes, da winkelte er die Beine an, und schon
flog er parallele zum Raumschiff dahin.

Die der Sonne zugewandte Seite des Wracks leuchtete
wie glühende Holzkohle. Gitterwerke und geborstene Me-
tallträger reckten sich gleich entwurzelten Bäumen in den
Sternengrund. Was aber wichtig war, obwohl der Rumpf einen Riss mit bizarr gezackten Rändern zeigte, dass die
Bordwände, dort wo sich die Kommandozentrale befinden
musste, zweifellos unversehrt waren.

War die Ursache der Zerstörung das Zyklopenauge oder
gar nur ein Meteoritentreffer?

Nichts, was im Augenblick diese Frage hätte beantwor-
ten können.

Bei der Suche nach einem Eingang war das Heck des Raumschiffes für sie tabu. Von hier konnte immer noch eine radioaktive Verseuchung ausgehen.

Wesley fand als Erster die Öffnung, die in das Innere des Wracks führte. Vor Aufregung schweißnass und zitternd schwebte er in Richtung des möglichen Einganges.

Zwängte sich durch den Riss in das Innere des Raumschiffes.

Im Licht des Helmscheinwerfers erblickte er inmitten des Raumes ein Wirrwarr von Streben und Stangen, an denen in chaotischer Unordnung angeheftete elektronische Bauteile hingen. Scheinbar wahllos mit bunten Drähten und Kabeln untereinander verbunden.

Ansonsten schien der vor ihm liegende Raum unbeschädigt zu sein.

„Ich möchte wissen, was wir hier suchen? Außer diesem Wirrwarr scheint es hier nichts mehr zu geben", redete Sörensen, nach dem er sich umgeschaut hatte, Wesley über den Helmfunk an.

Die hellen Kegel ihrer Helmscheinwerfer glitten an den Wänden entlang, rissen hier und da irgendwelche undefinierbaren Ausrüstungsgegenstände aus der Dunkelheit.

Zitternd blieb das Licht der Helmscheinwerfer an einer Tür hängen, die wie eine verschlossene Schleuse aussah.

Das grelle Licht lag wie ein Bannkreis um die Schleuse.

Ringsum drohte die Schwärze der drückenden Finsternis.

„Das habe ich gesucht!" meinte Wesley.

Neben der Schleusentür ein langer Hebel. An dessen Ende befand sich eine etwa zehn Zentimeter tiefe halbkugelförmige Einbuchtung, in die der Griff des Hebels hineinragte. Der Hebel endete in einer kleinen Verdickung, mit zwei gegenüberliegenden Vertiefungen, die einem Daumen und Zeigefinger Platz boten.

Wesley betätigte den Hebel.

Zuerst musste er kräftig ziehen, als müsste eine Art Federsperre überwunden werden. Dann spürte er plötzlich überhaupt keinen Widerstand mehr. Alles deutete auf eine Art Servomechanismus hin.

Langsam drehte er den Hebel nach rechts.

15 Grad …. 30 Grad …. 45 Grad … nichts geschah.

Hoppla!

Bei 50 Grad öffnete sich plötzlich die Schleusentür.

Aus der geöffneten Tür fegte ein lautloser Wirbelsturm an ihm vorüber und er befand sich im Zentrum eines Dunstschleiers, der sich fast ebenso schnell wieder verflüchtigte, wie er entstand.

Wesley schwebte rudernd mit den Armen im luftleeren Raum zurück zur Tür, ergriff den Hebel und brachte ihn wieder in Ruhestellung.

Gehorsam schwang die Schleusentür zu.

Wesley wartete einige Sekunden, ehe er die Tür erneut mehrmals öffnete und schloss.

Der Mechanismus funktionierte einwandfrei.

Jetzt näherten sich beide der geöffneten Luftschleuse und begannen, mit dem Licht der Helmscheinwerfer vorsichtig die Kanten der gähnenden Öffnung abzuleuchten.

Dann richteten sie den Lichtstrahlkegel ihrer Lampen in die Öffnung hinein.

Es war unwahrscheinlich, dass jemand in der Luftschleuse auf sie warteten würde.

Wesley hielt sich am Rand der offenen Schleusentür fest. Bewegte erst vorsichtig den Kopf, dann die Schulter durch die Öffnung.

Im Licht seines Helmscheinwerfers waren die Einzelheiten der Schleusenkammer deutlich zu erkennen. Nur auf der linken Seite versperrte ihm das nach innen aufgeschwungene Schleusenschott die Sicht.

Die Schleusenkammer war mit ihrer Länge von neun bis zehn Metern und ihrer Breite von etwa drei Metern groß. In den Wänden befanden sich weitere Türschotte, die etwa vier- bis fünfmal so groß waren wie die Außentür, die sie soeben benutzten.

Wesley begann mit der Erkundung der Schleuse.

In der Zwischenzeit schloss Sörensen das Außenschott.

Fenster aus durchsichtigem Material, die sich in den Wänden befanden, gaben den Blick in das Innere des Raumschiffes frei.

Offensichtlich befand sich die Schleusenkammer zwischen der äußeren und der inneren Schiffshülle. Dort wo sich die Energie-, Kontroll- und Kommunikationseinrichtungen befinden mussten.

Sörensen schob Wesley beiseite, bückte sich, löste eine verborgene Verriegelung und stieß die Tür auf.

Vor ihnen die riesige Kommandozentrale des Wracks.

Hellerleuchtet!

Unbeschädigt schien der Raum zu sein.

Geblendet von der ungewohnten Helligkeit erblickten sie zum Teil erloschene Armaturen, Pilotensessel und hinten unbeweglich, mit den Händen an irgendwelchen Schalthebeln geklammert ein lebloser Mensch.

Wesley schwebte quer durch die Kommandozentrale zu der Gestalt. Schüttelte den Leblosen an der Schulter, der ihn mit den weitaufgerissenen Augen ansah und rief: „He - hallo!"

Keine Reaktion.

Staubgrau das Gesicht und mit vielen Silberfäden durchmischtes wirres Haar.

„Lass es gut sein", hörte er Sörensens Stimme über den Helmfunk, „der lebt nicht mehr!"

Da sie ihre ganze Aufmerksamkeit auf den Leblosen im Pilotensessel richteten, waren ihnen in der fast unversehrt gebliebenen Zentrale zwei weitere Dinge entgangen.

An der gegenüberliegenden Kabinenwand, die sich zwischen der Kommandozentrale und Unwirtlichkeit des

Weltalls entlang zog, entdeckten sie einen weiteren Leichnamen. Seltsam verkrümmt festgefroren an der Kabinenwand. Hände und Unterarme waren mit Raureif überzogen, wie auch das Gesicht und die unbekleideten Füße.

Als sie vorsichtig den Körper von der Wand lösten, fanden sie dessen Handballen auf ein Meteoritenloch gepresst.

Ein Meteorit hatte hier die Wand durchschlagen.

Wesley lauschte.

Er erwartete, das Pfeifen von Luft zu vernehmen, die durch den Meteoriteneinschlag entwich.

Nichts war wahrzunehmen.

Nur das Rauschen des Blutes in seinem Kopf und sonst nichts.

Wesley atmete erleichtert auf.

Betretenes Schweigen!

Wie selbstverständlich verharrten sie einige Minuten neben dem starren Körper.

Was für ein Mensch musste das gewesen sein. Welch ein Beispiel für Mut und Willensstärke - mit bloßen Händen.

„Schau dort die Röhre, den Behälter? Sieht bald wie ein Sarg aus!“ beendete Sörensen das Stillschweigen.

„Wo?“

„Na dort!“

Jetzt sah Wesley den metallenen Behälter, der in der äußersten Ecke der Zentrale stand.

„Das ist doch kein Sarg, sondern ein Überlebensbehälter. Er erfüllt die gleiche Aufgabe wie ein Rettungsboot auf einem Ozeanriesen.“

„Komm, lass uns mal nachschauen, was in diesem Ding drinnen ist“ sprach Sörensen und schwebte in Richtung des Behältnisses.

Über dem röhrenförmigen Behältnis, in unmittelbarer Nähe, befand sich ein rechteckiger Kasten an der Kabinenwand. Von hier aus führte ein rotgelbes Kabel zu dem röhrenförmigen Behälter, das dort in einem Armaturenbrett verschwand.

Eine Schalttafel! Auf der oberen Hälfte blinkten nebeneinander vier Dioden im gelblichen Licht. In der Mitte, darunter ein Schalter, gesichert durch einen Metallstift.

Als Wesley das Blinken bemerkte, ließ er sich zu der Vermutung hinreißen: „Das Ding scheint noch funktionsfähig zu sein."

„Komm, lass uns nachsehen, dann wissen wir, was wir da vor uns haben."

Am Kopfende, eingelassen in die Abdeckung des länglichen Gehäuses eine große Klarsichtscheibe. Durch diese erblickten sie den Körper eines Weltraumfahrers, bekleidet mit einem Skaphander.

Schemenhaft waren die Gesichtszüge.

„Ist das ein Mann oder eine Frau?" begann Wesley zu spekulieren.

Sörensen konnte ihm darauf keine erschöpfende Antwort geben.

So blieb Wesley nichts anderes übrig als den Behälter vorsichtig zu öffnen. Er entfernte den Sicherungssplint aus dem Schalter. Zögerte einen Moment, als wäre er sich nicht schlüssig den Hebel zu betätigen.

Er gab sich einen inneren Ruck und legte ihn um.

Für einen Moment geschah nichts.

Dann begann das Gelb, der Leuchtdioden in ein hektisch blinkendes stechendes Rot überzuspringen.

Erschrocken schaut Sörensen Wesley an.

Nach wenigen Sekunden wechselte das hektische Rot wieder in gleichmäßig blinkendes Gelb.

Man spürte förmlich, wie den beiden eine Zentner schwere Last von den Schultern zu fallen schien.

Das Gelb sprang auf Grün über, begleitet von einem leisen Zischen. Wie von Geisterhand bewegt schwang die obere Hälfte der länglichen Röhre nach oben.

Vor ihnen lag eine Gestalt, gekleidet in einen Skaphander, der von der Erde zu stammen schien.

Erschüttert und bewegungslos standen Wesley und Sörensen um das herum, dass da regungslos und apathisch, vor ihnen in dem geöffneten Behälter lag.

Sprachlos blickten sie auf die vor ihnen liegende Gestalt, die ein Mensch sein musste. Hinter der zerkratzten Helmscheibe schimmerte ein bleiches Antlitz.

Wesley kniete neben der Gestalt nieder. Behutsam nahm der den Kopf in beide Hände und beugte sich an die Sichtscheibe hinab.

Es verging eine Minute, eine weitere Minute endlich nach zehn Minuten schien Bewegung in die leblose Gestalt zu kommen.

„Er lebt!" hörte Sörensen im gleichen Moment Wesley sagen.

Der reglos daliegende Körper war aufgewacht, ins Leben zurückgekehrt, aus einem tiefen, traumlosen Schlaf erweckt. Zuerst sah sein erwachender Geist nur einen Lichtschimmer, dann allmählich eine Gestalt und noch eine Gestalt.

Aus dem bleichen Antlitz starrten Wesley plötzlich zwei schreckgeweitete Augen an, panische Angst im leeren Blick.

Erstaunt aber erleichtert bekamen die beiden mit, dass die Gestalt anfing, sich zu bewegen.

Erst krümmte sich an der rechten Hand langsam ein Finger, dann ein zweiter. Die Hand ballte sich zur Faust und öffnete sich wieder.

Der linke Arm zuckte, bewegte sich leicht.

Aus dem rechten Bein verschwand die Bewegungslosigkeit, das gleiche geschah mit dem linken Bein. Die erst leblose Gestalt zog erst langsam das rechte Bein an und streckte es wieder. Wenige Minuten später geschah das Gleiche mit dem linken Bein.

In die ganze Gestalt kam Bewegung.

Sie versuchte, sich aufzurichten, was gelang.

Nur ging das nicht so schnell.

Als sie sich aufgerichtete hatte, blieb sie einige Minuten reglos sitzen, als wollte sie neue Kraft schöpfen.

Mit einer Selbstverständlichkeit entfernte, die sitzende Erscheinung, mit zögernden, Bewegungen die Kabelverbindungen, befreite sich von den übrigen Apparaturen und kletterte mühsam aus dem Kasten.

Weder Wesley noch Sörensen wussten später zu sagen, wie lange sie die Gestalt angestarrt hatten, die sich kaum auf den Beinen halten konnte.

„Jetzt eine Verständigung herzustellen ist zwecklos" hörte Sörensen Wesley über den Helmfunk. „Wir greifen ihn einfach unter die Arme und bringen ihn zu unserem Sternenschiff hinüber."

Der unbekannte Weltraumfahrer wurde in die Mitte genommen.

Ein Lebewesen, schon gewesen an der Grenze zwischen Leben und Tod. Ein Etwas mit verwirrten Sinnen. Ein Jemand der nicht mehr unterscheiden vermochte zwischen Wahn und Wirklichkeit.

An Bord des Sternenschiffes würde sich die ganze Wahrheit zeigen.

Als sie wieder in der Schleuse angekommen waren und hinter ihnen sich das Tor ins All geschlossen hatte, streiften sie die Raumanzüge ab.

Erst jetzt spürte jeder die große körperliche Belastung dieser letzten Stunden.

Dann halfen sie den oder der Unbekannten beim Abstreifen des Skaphanders.

Das Universum ein unvorstellbarer großer Raum, den man weder sehen noch berechnen kann. Ein Kosmos mit unendlich vielen Galaxien.

Durch eines dieser Sonnensysteme, mit seinen Tausenden Einzelsternen, den vielen Doppel- und Dreifachsternen und funkelnden Flecken von Sternenhaufen, zog der Kugelraumer seine Bahn auf der Reise durch die unendliche Weite des Alls.

Es war eine Welt, wo sich das Licht Myriaden von Sternen überlagerte und Gas fluoreszierte durch die Ionisierung von hellen, heißen Sternen. Glühende Gaswolken, die Orte neu geborener Sterne bezeichneten - oft sahen sie aus wie Perlen, die an den Armen der Spiralgalaxien aufgereiht waren.

Auf den ersten Blick schien alles chaotisch und willkürlich auszusehen. Aber beobachtete man einmal längere Zeit die Sternenwelt, beschlich einen das Gefühl, das etwas mehr zu erkennen war, als funkelnde Sterne in der Finsternis des Alls.

War es da nicht weiter verwunderlich, dass viele Sternenkonstellationen, dort wo in der unendlichen Weite des Alls angeblich die Götter wohnen sollten, Namen erhielten, die mit den Göttersagen der alten Griechen zu tun hatten.

Sie tragen Namen von Helden wie Orion oder Herkules und von Königspaaren wie Kepheus und Kassiopeia. Und dann gibt es zahlreiche Tiere, wie den Löwen und den Skorpion, die Schlange und den Schwan. Man könnte die Aufzählung um einiges fortsetzen.

Dazwischen das Sternenschiff, ein bläulich schimmernder kugelförmiger Riese, im Vergleich zu der Sternenpracht nicht mal die Größe einer winzigen Stecknadel. Und dennoch mit seinen 400 Meter Durchmesser, einer Höhe eines zehnstöckigen Hochhauses, den 100 Meter hervorstehenden Wulst mit den 36 großen ovalen Antriebsöffnungen und mehreren tausend Tonnen Gewicht ein imposanter Anblick.

Wesley saß stumm in dem etwas erhöht stehenden Kommandantensessel und ließ seine Augen keinen Augenblick von der, vor ihm, in einem der drei gepolsterten Sesseln sitzenden weiblichen Gestalt.

Seine Gedanken schweiften ab.

Im Geiste sah er vor sich eine junge Frau im weißen Sand liegen. Sie hatte ihr Kinn auf die Hände gestützt und sah blinzelnd auf die Ostsee hinaus. Nur manchmal bewegte sie ein Bein und ließ mit der nackten Zehen den feinen Sand über ihre sonnengebräunte Haut rieseln. Und wenn sie hin und wieder die Schultern bewegte, lief ein Vibrieren über ihren sportlichen Körper.

Wesley konnte es noch immer nicht fassen, dass die Frau dort vor ihm und die Frau in seinem Gedanken, die gleiche sein sollten.

Und doch war es so!

Rechts und links davon saßen Sven Sörensen und Peer Weick.

Hinter ihm in der Mitte des annähernd 50 Meter Durchmesser betragenden Raumes, mächtige Geräte auf einem bläulichen schimmerndem Metallsockel.

Dutzende von Instrumentenkonsolen, Schaltpulte und seltsame Geräte.

An der Stirnseite des Kommandostandes der gigantische Plasmabildschirm, auf dem Tausende von Sternen blinkten und glitzerten.

Deutlich hoben sich die sitzenden Gestalten in den gepolsterten Schalensessel ab. Vor ihnen Geräte, die mit ihren Skalen, Leuchtmarken und Kontrollpunkten schwach phosphoreszierten.

Alle Gedanken, Ängste und Sorgen, die Wesley peinigten, versanken in der Uferlosigkeit des Universums.

Die unendliche Ruhe fraß die Erinnerungen an die hinter ihm liegenden bewegten Stunden wie ein Heuschreckenschwarm aus seinem Gedächtnis.

„Es ... es ist Wahnsinn“ presste Wesley hervor und schaute erneut zu dem Schalensessel in dem schmal, zusammengesunken die Frauengestalt saß, deren mit silbergrauen Lichtreflexen durchsetztes schwarzes Haar im Licht der Armaturen schimmerte.

Er konnte es immer noch nicht fassen, dass die Frau, die dort saß Petra, seine Petra war.

Sie war hier, und sie lebte. Am liebsten wäre er aufgestanden und hätte sie in die Arme genommen. So wie damals bei ihrer gemeinsamen Nacht in der Fischerhütte an der Ostsee. Ein unbeschreibliches Gefühl ergriff Wesley.

Nach ihrer Rettung aus dem Raumschiffwrack sah Petra mitgenommen aus. Ihre Augen hatten nicht den gewohnten Glanz, scharfe Falten kerbten ihr Gesicht.

Langsam begann Wesley seinen Gefühlen Herr zu werden und konstatierte, dass er immer noch schweigend zu Petra hinstarrte und etwas sagen wollte.

Doch wo anfangen?

„Ich dachte, ich würde ...“ Wesley sprach nicht weiter und sah Petra mit offenem Mund an. Eine Woge des Glücks ergriff sein Herz.

Sie sah Wesley aufmerksam an, stellte keine Fragen, begann stockend zu erzählen, dabei hatte sie Mühe, sich zu erinnern.

Petra berichtete mit wohlklingender Altstimme, wie sie in den Jahren seit Wesley im Weltall verschollen war, gelebt hatte. Sprach, über ihre Bemühungen Hinweise und Sachverhalte in Erfahrung zu bringen, was ihm geschehen sei.

Sie stellte sich immer wieder dabei die Fragen: „Was war mit Welf?“, „Lebte er?“, „War er möglicherweise verletzt?“, „Raste er etwa ohne Bewusstsein mit dem Raumschiff durch das Weltall?“

Letztendlich wusste sie, was zu tun war. Sie fasste den Entschluss, obwohl es nicht einfach war, zum Obersten Rat der Weltsicherheitsbehörde vorzudringen.

Sie war davon überzeugt, dass man ihr für fünf Minuten Gehör schenken würde.

Petra hatte sich nicht geirrt.

Ein Mitglied des Obersten Rates empfing sie.

Nach dem Petra erklärte, um was es ging, führte dieser sie einen langen Korridor entlang, fuhr mit ihr in einem Schnelllift aufwärts und befanden sich in einem Wintergarten.

In einem weichen Sessel sitzend, erwartete sie der Präsident des Obersten Rates, ein kräftig gebauter Mann von kleinem Wuchs persönlich. Er war einfach und bescheiden gekleidet.

Es war, als hätte sie die Erde erst tags zuvor verlassen. Sie glaubte die mit leiser, fast tonloser Stimme gesprochenen Worte des Präsidenten in ihren Ohren zu hören.

„Man hat mit mitgeteilt, weshalb du gekommen bist", sagte er. „Um keine Zeit zu verlieren, sage ich es dir gleich: Ich werde dich bei deinen Bemühungen unterstützen, obwohl ich keine Hoffnung habe von der Besatzung des Weltraumkreuzers je einen wieder zu finden. Wenn sie nicht umgekommen sind, dann sind sie im Weltall verschollen. So bitter das klingt."

Wesley lauschte gespannt ihren Worten und beobachtete ihr ovales Gesicht, das den Stempel der Individualität nicht verloren zu haben schien.

Nie war Petra in den letzten Stunden von einer solchen inneren Unruhe erfasst gewesen. Hoffnung schlug in Unsicherheit um, Unsicherheit wieder in Hoffnung.

Petra fehlten mit einmal die Worte, verbarg ihr Gesicht in den Händen, wischte die Tränen von der Wange und versuchte ihr Haar zu ordnen. Es dauerte einen Moment, ehe sie weiter sprechen konnte.

„Ihr habt euch wirklich nicht mehr gemeldet. Es hieß, das Raumschiff … sei bis zum Rand des Sonnensystems vorgedrungen.

Der letzte Funkspruch kam im Jahre 2087. Eine Station … auf dem Mars hatte … hatte … ihn aufgefangen. Er enthielt nichts, was … was … was … auf eine Katastrophe schließen ließ."

Petra merkte, dass ihre Worte zusammenhangslos wurden und gab kopfschüttelnd auf.

„Schon gut" sagte Wesley und mit einem schwachen Lächeln, das über seine Lippen glitt, stand er auf und ging zu Petra hin. Er streichelte behutsam ihre Hand und sprach: „Sei ganz ruhig. Das hat Zeit, viel Zeit!" Beugte sich über sie und küsste sie zärtlich auf den Mund.

„Wie lange habe ich in der Anabiose gelegen?" wollte Petra dennoch wissen.

„Ich kann es dir nicht genau sagen. Auf der Erde müssen über hundert Jahre vergangen sein, wenn nicht noch mehr."

„Hundert Jahre!"

Eine Zeitspanne, die den Menschen außerhalb des Stromes der Zeit stellte.

Petra griff in die Brusttasche ihrer Kombi und holte einen Speicherstick heraus. „Das ist ein Speicher. Er ist mein Tagebuch. Hör es dir an, ich kann nicht …"

„Nicht jetzt. Wichtig ist, dass du lebst! Wir leben! Komm, Petra wir reden später darüber!"

Sie waren jetzt eine Mannschaft, drei Männer und eine Frau.

Nur ab und zu zog eine Dunkelmateriewolke über das kosmische Firmament. Die Spiralnebel, die eben alles in milchigen Dunst gehüllt hatten, begannen sich zusehends zu lichten.

Das All umschloss den Kugelraumer dunkel und drohend. Nur in der Ferne glommen einige zu erkennende Lichtquellen. Sie sahen aus wie Lichter längst erloschener Sonnen, deren ausgesandte Botschaften die Sterne selbst um einige Millionen Jahre überlebt hatten. Das vertraute glitzernde Band der Milchstraße fehlte. Sie befanden sich in einer Region des Weltalls, die das Leuchten der Galaxis nicht erreicht hatte, nie erreichen würde.

Die wenigen Sterne, die man erkennen konnte, flimmerten unglaublich, wichen infolge Lichtbrechung und -spiegelung sowie der Raum-Deformation visuell um bis zu einem Grad von ihrer tatsächlichen Position ab.

Unendlich war der Raum, so umfassend das Nichts, durch das der *Scout* stürmte.

Ein Stäubchen in der Unendlichkeit. Und doch barg dieses Stäubchen irdisches Leben, irdische Schicksale, barg Wünsche und Hoffnungen, barg es menschlichen Willen und menschliche Kraft.

Zum ersten Mal verspürte Wesley Heimweh. Es war nicht die Hoffnungslosigkeit ihrer Lage, die ihn bedrückte. Es war die Fremdheit des Alls. Kein bekannter Stern, kein Nebel, dessen Formen dem Auge vertraut war, keiner der strahlenden Sternenhaufen, die wie Brillantenbroschen im schwarzen Samt des Universums leuchteten. Nur kalte, tödliche Einsamkeit, Fremdheit.

Oh, wie sehnte er sich nach der Erde, nach ihren rauschenden Wäldern, nach den gelbgrünen Wiesen, nach dem Sand des Flusses, in dem der Fuß versank, nach der majestätischen Kahlheit aufragender Felsmassive und nach dem Duft von Sulfiden und Nitrosen.

Er dachte an die gemeinsamen Erlebnisse mit Petra in Afrika, an die Notlandung im Tal der Saurier, an die Stunden mit Petra am Ostseestrand wie sie vor ihm stand. Die langen schwarzen, silbergrau reflektierten Haaren fielen bis auf die Schultern herab. Blütenweiß, die Bluse die ihre gebräunte Haut erst so richtig zu Geltung brachte. Der kurze Rock gab den Blick frei auf ein paar herrliche schlanke Beine.

Wesley konnte es immer noch nicht fassen, dass Petra sich mit an Bord des Kugelraumers befand.

Endlos kam ihm diesen Moment die Zeit vor, die sie bisher zu dritt in dem Weltraumkreuzer zugebracht hatten. Jahre mussten verstrichen sein.

So kam es ihm vor.

Konnte man es da verlernen, Mensch zu sein?

Wesley atmete auf. Seine heimliche Sehnsucht war der Gegenbeweis. Der Gedanke an die Schönheit und Erhabenheit des Irdischen ließ ihn erschauern: eine Welt voll Leben und menschlicher Errungenschaften.

Doch warum nur menschlich?

Wie kleinlich war sein Denken.

Und da war jetzt Petra, mit deren Anwesenheit sich jetzt einiges ändern würde.

Plötzlich war die Galaxie mehrfach zu sehen, und diese Galaxienklone bildeten einen Ring um ein Schwarzes Loch.

Die Sterne in dem Gebiet, das sie jetzt anflogen, standen merkwürdig verschoben zueinander. Die Sternenbilder wirkten verzerrt, und im Zentrum waren überhaupt keine Himmelskörper zu sehen. Es war, als gähne dort ein dunkler und gefährlicher, ein riesiges Maul, ein alles verschlingender Schlund …

Ein Schlund!

Das war es!

„Welf! Genau vor uns befindet sich ein Schlund, ein Schwarzes Loch!" rief Sörensen in diesem Moment beunruhigt.

„Du … sprichst … von einem schwarzen Loch. Hier … ist … kein … schwarzes Loch." Abgehackt und leidenschaftslos kamen die Worte aus Wesleys Mund.

„Aber du musst es doch auch sehen, das schwarze Loch! Genau vor unserer Nase!" antwortete Sörensen etwas unbeherrscht.

„Nein, du siehst nicht das Schwarze Loch, sondern den Ring, der darauf hindeutet."

Die Sternenhaufen kondensierten vor ihren Augen zu erkennbaren Strukturen. Es sah aus, als ballte sich eine gigantische Hand aus Licht zur Faust.

Wesley schloss die Augen. Fühlte dieses einmalige Schauspiel und ahnte dennoch, welche Naturkräfte dort am Werkeln waren. Kräfte, von denen er nicht einmal etwas ahnte. Er hob langsam den Kopf, wobei die glosende Sonne seine Augen funkeln ließ, und murmelte leise vor sich hin: „Was wird uns da erwarten? … Dort im Zentrum!"

Das Weiß seiner weit geöffneten Augen leuchtete im Halbdunklen des Kommandostandes.

„Dreh sofort um, Welf! Noch haben wir Zeit!" fuhr Sörensen Wesley mit aufgeregter Stimme an.

„Was … ist … ein … schwarzes Loch?" kam es neugierig geworden über Peer Weicks Lippen, der von alledem was im Moment um ihnen herum geschah, überhaupt keine Ahnung zu haben schien.

„Ein schwarzes Loch nennt man einen Stern, deren Masse sich durch einen Gravitationskollaps so extrem verdichtet hat, dass elektromagnetische Wellen die Oberfläche aufgrund der hohen Anziehungskraft nicht verlassen können. Diese Sterne sind unsichtbar im All! Wir müssen ihm ausweichen!" belehrte ihn Sörensen.

Vor dem Hintergrund des schwarzen Weltraumes war jetzt deutlich ein roter Ring zu sehen, in dem sich eine gelbe Linie hinzog. Der Lichtring umschloss eine Runde schwarze Fläche, den Schatten des Schwarzen Loches. Der Lichtring schien einen Durchmesser von 100 Milliarden Kilometern zu haben.

Es war ein Anblick, der schauerlich und fantastisch zu gleich war.

Wesley war es in diesen Moment voll bewusst, dass sie in unbekannte Regionen eindrangen und dies schärfte voll seine Sinne. Er versuchte, die Möglichkeiten zu erfassen, die auf sie zukommen könnten. Aber diese Visionen blieben aus, in seinen Gedanken erschien das Schwarze Loch plötzlich nicht mehr als eine übermächtige drohende Gottheit. Die Vorstellung von einer Ehe zwischen Himmel und Hölle ließen ihn nicht mehr los.

„Hier wird uns aufgezeigt, das Grenzen Teil unserer Welt sind. Wer es wagt, über die Grenzen der Physik hinaus zu fragen, kommt an Gott nicht vorbei", meinte Wesley.

„Das würde ja bedeuten, dass eine gänzliche gottlose Physik nicht möglich zu seinen scheint, wenn man wirklich bis an die Grenzen menschlichen Erkennens Fragen stellt," antwortete Sörensen.

„Ja was ist nun hinter dem Himmel Sven, dahinter und dahinter?"

„Welf, meiner Meinung nach gibt es dafür nur zwei Möglichkeiten, die Unendlichkeit oder Gott … Oder ist beides zusammen eins?"

„Das würde ja bedeuten das Gott heute nötiger ist als je zuvor."

„Ist das Loch wirklich die Ehe zwischen Himmel und Hölle. Eine Abkürzung durch das All, der die Fortbewegung in ungeheurem Maße beschleunigte. Auf der einen Seite des Trichters gehe man hinein und auf der anderen komme man geläutert und neugeboren heraus … Der Haken an der Geschichte ist es, wenn man erst einmal den Weg eingeschlagen hat, gibt es keinen Rückweg mehr", antwortete Sörensen etwas skeptisch.

„Supermassereiche Schwarze Löcher sind Weltraumfriedhöfe. Sie entstehen aus verglühenden, ausgebrannten und erlöschenden Sternen.

Das All füttert sie aber auch mit gigantischen Gasne-
beln, Planeten und Sternen. Sie krümmen durch ihre schiere
Masse den leeren Raum in extremer Weise und scheinen
selbst den Lauf der Zeit aufzuhalten. Was ihnen zu nahe

kommt, geben die Schwarzen Löcher nie wieder frei - nicht einmal Lichtstrahlen können ihnen entkommen."

„Schrecklich!"

Das Gravitationsmonster änderte die Bewegungsrichtung des Raumschiffes so stark, dass es plötzlich umlenkte und die Geschwindigkeit spürbar zunahm.

Es war schon beängstigend.

Wesleys Herz schlug wie rasend. Seine Nerven waren zum Zerreißen gespannt.

In irrsinnigem Tempo wurde das Raumschiff auf eine Umlaufbahn um das Schwarze Loch gezwungen, kam dessen Einflussbereich immer näher. Wurde in eine Kreisbahn gerissen, auf der sie förmlich um das Schwerkraftmonster zu sausten, aus dem es kein Entkommen mehr zu geben schien.

Der Blick in das Weltall wurde im Durchmesser immer kleiner, je tiefer sie zum Loch absanken.

Durch die ungeheure Gravitation in der Nähe des Horizontes wurden die Lichtstrahlen immer mehr abgelenkt. Selbst das Licht der Sterne, die sich querab in horizontaler Position befanden, schienen direkt von vorn auf den Kugelraumer zu zukommen.

Die Lichtstrahlen wurden gezwungen, den immer stärkeren Krümmungen der Raumzeit zu folgen.

Durch die gewaltige Schwerkraft näherte sich der Kugelraumer unaufhaltsam der brodelnden, rasant rotierenden Akkretionsscheibe. Fokussierendes Licht einer schnell rotierenden Scheibe aus Gas, einer Haloerscheinung, die durch die Lichtstrahlen entstand, die um das schwarze Loch herumgingen und von dem dahinterliegenden verschiedene verzerrte Bilder zeigte.

An den Polen des Schwarzen Loches schleuderte ein Strahl sengendes Plasma, Teilchen Tausende Lichtjahre weit ins All hinaus.

Die Sternenbilder wichen auseinander, platzten förmlich wie Seifenblasen und hinterließen leuchtende Spuren. Der Raum vor ihnen wurde von unsichtbaren Kräften deformiert.

Wesley hatte plötzlich das Gefühl, auf einem irrsinnig rotierenden Kinderkarussell zu sitzen, das sich in immer engeren Spiralen dem schwarzen Loch entgegen drehte. Beide Hände presste er auf den Magen, rang mit schweißüberströmtem Gesicht nach Luft. Anscheinend ging es ihm nicht gut.

Mit der Zeit stieg auch bei Sörensen ein unangenehmes Gefühl im Hals empor. Er schluckte krampfhaft.

Petra überkam eine ungeheure Mattigkeit. Ihr Kopf schmerzte.

Weick erging es nicht viel anders.

Der Abstand zu dem Ereignishorizont wurde beständig geringer. Der Beginn einer Todeszone, ab der das Licht gefangen war.

Die Feuerwand, umhüllt aus Überresten energiereicher Teilchen leuchtete immer kräftiger. Sie verbrannte alles, was ihr begegnete und verwandelte es in reine Energie.

Aus der brodelnden, rasant rotierenden Masse schossen wie geisterhafte Spuren hellgelbe Spitzen empor, sie hatten Ähnlichkeit mit blonden Haaren. Hier ließen die herabstürzenden Teilchen ihre Geschichte zurück, damit sie dem Universum nicht verloren ging.

Durch die gewaltige Schwerkraft näherte sich der Kugelraumer weiter unaufhaltsam der brodelnden, rasant rotierenden Akkretionsscheibe.

Ein kosmischer Staubsauger, der nichts, was einmal hineingelangte, wieder entkommen ließ. Und das, was nicht schneller reisen konnte, als das Licht verschwand in diesem Staubsauger, einschließlich der Informationen.

Die einfallende Materie wurde bis zur Unkenntlichkeit zerstückelt.

Seitdem sie Kurs in die Todeszone genommen hatten, besaß Wesley keinen eigenen Willen mehr. Aus freien Stücken wäre er nie in dieses gefährliche Gebiet eingeflogen, dessen Hyperemission sich auf die Schiffsinstrumente niederschlugen und ein Navigieren praktisch unmöglich machten.

Die Beleuchtung in der Kommandozentrale war erloschen. Nur wenige Leuchtdioden auf dem Instrumentenpult glimmten. Der Anti-Masse-Generator hat ausgesetzt. Durch den Raum trieben allerlei Gegenstände wie in sanft strömendem Wasser.

Alles hatte sein Gewicht verloren.

Nur für wie lange?

Die Besatzung des Raumschiffes war schwerelos. Sie verharrten in sonderbaren Stellungen auf ihren Plätzen, als hätte sie ein plötzlicher Tod überrascht und erstarren lassen.

Aber sie lebten.

Wesley stöhnte. Er erhob sich halb, schaute zu Sörensen hinüber.

Wie verkrümmt lag dieser da. Als sei er schon Tod. Der Kopf mit den hellen Haaren hing nach hinten. Der Mund stand offen. Und die Augen… dunkelblauen, schwarz wirkenden Augen waren starr auf ihn gerichtet.

Unsägliches Grauen erfasste Wesley. „Ich kann nicht mehr!" brüllte er und raufte sich die Haare.

Als wenn die leblosen Gestalten seinen Aufschrei gehört hätten, hob erst Sörensen langsam seinen Kopf und bei Weick begannen die Finger der rechten Hand zu zucken, hob denn langsam den Arm als wollte er winken.

„Wo bist du Welf?" kam es verzweifelt aus Petras Mund, bei der langsam die Benommenheit sie zu überwältigen schien.

„Nicht weit von dir!" atmete Wesley erleichtert auf als er mitbekam das Petra tief die atembare Luft in kurzen

Stößen ein- und ausatmete. „Halt dich tapfer ..." Die Stimme Wesleys riss ab.

Welf ist bei mir, dachte Petra erleichtert und sank wieder zurück in das warme und dunkle Nichts, in dem man sich so herrlich geborgen fühlte.

Im Moment noch.

Nur noch ein Rauschen, endloses, unaufhörliches Rauschen - die Sprache der Sterne.

„Was ist passiert?"

„Wir sind mitten drin."

Jetzt machte sich der Schwerkraftunterschied zwischen dem Kopf und den Füßen bemerkbar. Die Besatzung des Raumschiffes wurde langsam wie Spaghetti in die Länge gezogen. Es sah so aus, dass man es sich nicht in einem schwarzen Loch gemütlich einrichten konnte, wofür schon die Anziehung Richtung Zentrum sorgen würde.

Die Existenz dieses Kraftfeldes warf alle Spekulationen über den Haufen.

Plötzlich schien es Wesley, er stehe still und um ihn herum kreise ein riesiges Feuerrad, ein schwarzer Schweif, dicht besprenkelt mit gelben, roten und violetten Sternschnuppen. In diesem Moment wusste er nicht mehr, wer er war, wo er sich befand. Sein Geist kämpfte am Abgrund der irrationalen Panik.

Das Raumschiff befand sich mitten in einem Wirbelfeld. Es drehte sich schneller. Instrumente zerbrachen unter den härter werdenden Anziehungskräften. Das Material des Kugelraumers begann Zeichen der Überbeanspruchung aufzuweisen.

Die Umkreisungen um das schwarze Loch wurden immer schneller und enger.

Weitere Geräte vielen aus.

Sie zerbarsten.

Petra hörte Stimmen wie leises Rauschen dürrer Blätter im Herbstwind. Sie drohte in die Schwärze, der

Bewusstlosigkeit zustürzen. Eindringliche Stimmen wurden immer lauter, drängender, von einer rastlosen Emsigkeit erfasst, mit der sie sie festhalten wollten. In diesem Moment stellte sie sich vor, dass sie die Augen öffnen würde, und der Gedanke daran bereitete ihr Freude.

Vergeblich!

Dröhnender Schmerz pulsierte in Petras Schläfen. Bumbum …. Bumbum … als säße anstelle des Kopfes der Glockenstuhl von Notre-Dame zwischen ihren Schultern.

Drei Stimmen schienen sie zu umtosen wie geifernde Ratten.

„Petra, du musst handeln!" hörte sie heraus. „Handeln, handeln …"

Was wollten sie alle von ihr? Sie konnte ihnen nicht helfen - niemand konnte es.

Leise, wie aus einer anderen Welt, hörte sie Wesley ihren Namen rufen.

„… Petra … mein Mädchen."

Sie wollte antworten, aber ihre Lippen waren wie zugenäht.

„Öffne die Augen, du musst die Augen öffnen. Sag was Petra, sprich doch, nur schweig nicht!" flehte Wesley mit versagender Stimme.

Die Gezeitenkräfte - was man darunter zu verstehen mag - begannen sich ins Unendliche zu steigern.

Die Welt vor ihren Augen schrumpfte immer mehr zusammen, wurde zu einem schwarzen Abgrund, der sich vor ihnen auftat. Um den Rand rotierte ein bunter Farbenkranz. Glühendes Rot versengte die Augenhöhlen, dann flammte blau-weiß auf, stach in die Brust und griff nach dem Herz. Smaragdschillernde Punkte funkelten durch schneidendes Blau. Dann plötzlich wieder das feurige Rot, das sie überflutete und wie ein Flammenmeer durch die Glieder raste, nahm die Farbe des Blutes an.

Die Schmerzen in Sörensens Lunge wurden immer deutlicher. Ein unbekanntes Lähmungsgefühl breitete sich in seinen Gliedern aus, und alle Dinge vor seinen Augen erschienen plötzlich wie mit einem pulsierenden Regenbogen umgeben.

Das Sterben war nicht einfach.

Wesley berührte der Gedanke an den nahen Tod relativ wenig. Die über ihn hereingebrochene Flut unglaublicher, fantastischer und niederschmetternder Ereignisse hatte seine Sinne wie ein Rauschmittel betäubt.

Wie konnte das anders sein, denn er glaubte, einen Stern zu sehen, der in wenigen Minuten zu einem roten Zwerg schrumpfte und dann endgültig erlosch. Billionen Jahre hatte er in diesem kurzen Augenblick erlebt. Geburt, Wachstum, Altern und Sterben einer Sonne. Schon glomm in einer anderen Richtung eine zweite Kugel auf.

Das war unmöglich.

Wesleys Verstand schien gelitten zu haben und gaukelte ihm in seinen letzten Minuten allerhand Unsinn vor.

Wie war das möglich, dass er blitzschnell den Ablauf ganzer Ewigkeiten erleben konnte?

Gab es unterschiedliche Zeitebenen, die unmittelbar nebeneinander existierten oder sogar ineinander übergehen konnten?

Ein Pedant zur Zeitdilation?

Das Raumschiff kreiste immer weiter und immer tiefer in das schwarze Loch hinein, wie ein Ozeandampfer, den ein riesiger Strudel erfasst hatte, und nicht gewillt war, diesen wieder loszulassen.

Ein einsames hilfloses Stäubchen zum Untergang geweiht.

Plötzlich um wirbeln grünblaue Wogen das Raumschiff. Mitten hinein in die gespenstisch fluoreszierenden Schwaden stieß der Kugelraumer.

Molekulares Flimmern und Knarren.

Wesley presste sich unwillkürlich in das Polster des Kommandosessels. Er wollte nicht sterben.

Den anderen schien es ähnlich zu ergehen.

Langsam schien System in das Chaos der durcheinanderwirbelnden Nebel zu kommen. Sie lösten sich in breite Streifen auf und begannen träge zu rotieren.

In gigantischen Ausmaßen schwebten sie dahin.

Wesley hatte das Gefühl, als fiele er durch eine vibrierende riesige Spirale hindurch, eine zu Helix gewundene Röhre, in der smaragtfarben Wolken leuchtend pulsierten, sich verdichteten, auseinanderstieben.

Ab und zu funkelten kleine karminrote Pünktchen im wallenden und wogenden grün.

Wesley drehte sich im schwindelerregenden Tempo um irgendeine Achse. Sein Rücken krümmte sich unter der Kraft, der er zu widerstehen versuchte. Er warf den Kopf und in den Nacken. Verzerrte sein Gesicht vor Schmerz zu einer furchtbaren Grimasse. Seine großen, weit aufgerissenen Augen irrten ziellos umher.

Zwischen dem wilden Pochen seines Blutes vernahm Wesley eine flüsternde Stimme, die wesenlos, gespenstisch in seinem Inneren war. „Es sind die letzten Minuten deines Lebens … Die letzten hörst du? … Dann wird es Nacht, dann ist es vorbei! Dein Herz wird aufhören zu schlagen. Es wird grauenvoll sein. Die Geist wird sich verwirren. Dein Leichnam wird sich auflösen."

Es war ein seltsames Hin und Her. Der überwältigende Friede der Wesley umströmte, dem er sich nur hinzugeben brauchte, um gänzlich unterzutauchen, im allumfassenden vergessen.

Andererseits die Reste seines Selbst, die nicht gewillt waren aufzugeben, die nicht aufzugeben vermochten und die ruhelos darum rangen, die Herrschaft über sein Ich zu behalten. Die Kraft aufzubringen um, um sich zu schlagen, die Fingernägel blutig zu reißen, wie ein verendendes Tier aufzubrüllen.

Was würde das alles nützen?

Der Gedanke: „Wo endet das Universum? … Das Universum?" ließ Wesley nicht mehr los. Es war nahe. Er fühlte es. Sein Bewusstsein eilte darauf zu und versank darin.

Es ging zu Ende.

Ein Gefühl der Leere bemächtigte Wesley, die ihn ansog, ihn zerschmolz. Es war, als griff eine Hand durch die Schädeldecke, zögerte eine winzige Sekunde - und entfernte den Inhalt.

In seinem Entsetzen wollte er schreien, aber er hatte keine Lunge, keinen Brustkorb mehr. Er wurde hohl und leer, und verspürte nur ein Jucken. Es wurde immer stiller in ihm, lautlos und leer. Das, was übrig war, schmolz.

Und dann kam das Nichts. Die Umarmung des Nichts. Und kein Schmerz mehr, nur der Orgasmus der reinen Materie. Ganz und gar die Erinnerung an sexuelles Empfinden. Unvergleichlich wunderbar. Wie wenn … Aber da verschwanden die Erinnerungen seines materiellen Seins.

Völlige Finsternis trat ein.

Die gleißende Helligkeit aufzuckender Entladungen hatten seinen Körper aufgelöst.

Vier Menschen von der Erde schwebten als bloße Hülle zwischen hier und dort. Nur Geist und Energie, als vollkommene Lebensform ohne materiellen Körper. Sie waren nicht mehr wirklich, aber wurden zu einem festen Begriff innerhalb einer Energieform, die eine untergeordnete Daseinsform umschloss. Sie waren aus der Sicht des Universums, aus dem sie kamen, zu einem Vollkommenen nichts geworden. Die Gesetze der Erhaltung wirkten hier nicht mehr.

Der ganze Prozess dauerte nur mehrere tausendstel Sekunden.

Was immer in ein solches Schwarzes Loch stürzt ob Raumschiffe, Wassermoleküle, Elektronen, Radiowellen oder Lichtstrahlen kehren nie mehr zurück.

Das, was Schwarze Löcher einmal verschluckt haben, sollten sie nie mehr freigeben. Doch ist dem so, oder gibt es ein Schlupfloch?

Es stellt sich die Frage: „Ist die sichtbare wirkliche Welt alles?"

Seit dem Urknall könnten eine unübersehbare Zahl von Universen mit unterschiedlichen physikalischen Realitäten entstanden sein.

Schwarze Löcher ein exotisch, schwer vorstellbares Phänomen kann ein Tor zur Überschreitung der Grenze zum Unbekannten, dem existierenden Paralleluniversum sein.

Beobachtet hat die Geisterwelt nahe dem Ereignishorizont bisher keiner.

Versinkt die Welt für uns dahinter in absolut unbeobachtete Dunkelheit?

Wenn eine Information - beispielsweise in Form eines Qubits - in ein Schwarzes Loch fällt, wird sie verschlüsselt: Eigenschaften wie Masse, Energie oder Ladung vermischen sich so stark mit der übrigen Materie, dass es unmöglich erscheint, jemals wieder an die Information heranzukommen.

Je tiefer man ins Schwarze Loch vordringt, desto weiter schreitet man in der Zeit voran. Mit verstreichender Zeit rückt man zwangsläufig näher an die Singularität, an der die Zeit einfriert. Demnach müsste man in der Zeit zurückreisen, wenn man aus einem Schwarzen Loch entkommen will.

Der einzige Ausweg aus einem Schwarzen Loch, bedeutet schneller als das Licht zu reisen, und das gilt gleichermaßen für die Informationen. Nur die Reise mit Überlichtgeschwindigkeit führt aus einem Schwarzen Loch hinaus. Das bedeutet einen magischen Tunnel durch den Metaraum zu passieren, um den Austrittspunkt zu erreichen.

Dieser Austrittspunkt befand sich in der Randzone des Schwarzen Loches, einem hyperenergetischen Gebilde, das sich nach allen Seiten hin über viele Millionen Kilometer erstreckte und selbst in den von unzähligen Turbulenzzonen durchsetztem Zentrumsgebiet ein physikalisches Phänomen darstellt.

Fällt man in ein Schwarzes Loch hinein, wird man in einem Weißes Loch wieder ausgespuckt, wie aus einem kosmischen Geysire. Damit würde Materie, die in ein Schwarzes Loch fällt, nach einer turbulenten Reise durch Raum und Zeit in einem anderen Universum, aus einem weißen Loch wieder ausgestoßen.

Nur wie soll das gehen?

Die Vorstellung, unser Weltraum könnte Teil einer gewaltigeren Struktur sein, ist weniger exotisch, als man zunächst denken könnte.

Die Nacht brach auseinander und gebar Helligkeit. Heiß fuhr etwas durch Wesleys Bewusstsein und weckte sein Gedächtnis. Er fühlte den Schmerz und wunderte sich, dass er nicht tot war. Doch anstelle seines Körpers spürte er nur grausame Kälte. Es fiel ihm plötzlich ein das er Welf hieß, aber der Name sagte ihm nichts, außer dass etwas Übersinnliches damit verbunden war.

Die Ewigkeit?

War er ewig - oder was war er überhaupt?

War das überhaupt sein eigenes Bewusstseinssystem, um das feststellen zu können?

Wesley war ich und doch nicht ich.

Bedeutungsloses seelenloses Schrillen dröhnte durch Wesleys Schädel, bis die Gedanken darin herumratterten wie trockene Samenkörner in einer trockenen Schote. Überall vermutete er jetzt jederzeit Unerwartetes, Bedrohliches.

In diesem Moment näherte sich Wesley eine Gestalt und musste verwundert feststellen, dass deren Herz nicht mehr zu schlagen schien.

Kurzerhand haschte er mit der rechten Hand nach der Erscheinung und war verblüfft das er durch diese hindurch griff.

Wie konnte das denn sein?

Es schien Wirklichkeit zu sein oder war alles doch nur ein Hirngespinst.

Das Herz schlug nicht mehr. Selbst das Pulsieren der Arterien fehlte.

Schon seltsam!

Ehe er sich einen Reim aus allem machen konnte, näherte sich ihm eine zweite Erscheinung. Deutlich erkannte er sie, es war Petra, obwohl ihre Gestalt seltsam durchsichtig wirkte. Sein Blick ging durch den Körper hindurch. Auch wunderte er sich nicht, dass ihr Herz keineswegs zu schlagen schien.

Es war, als müsste das alles so sein.

Übergangslos saß Wesley plötzlich in seinem Sessel, dessen Polsterung er nicht spürte. Dessen ungeachtet wusste er aber, dass er im Kommandantensessel saß. Aber wie er so schnell dahin gekommen war, kam ihm schleierhaft vor.

Die Impulse in seinem Gehirn wurden immer stärker, die ihm sagten, dass seine augenblickliche Lebensform nicht wirklich sein könnte.

Vorsichtig griff er mit der linken Hand an den rechten Unterarm und drückte zu.

Irgendwie verspürte er einen geringen Widerstand des Körpers, der trotz seiner energetischen Form eine relative Festigkeit anzunehmen schien.

Wesley hob langsam seinen Kopf. Öffnete mit Mühe die zusammengeklebten Augenlider.

Übelkeit und stechender Schmerz in den Gelenken ließen ihn immer noch keinen klaren Gedanken fassen. Unter dem Einfluss des bohrenden, pochenden Schmerzes, der den Schädel in allen Richtungen durchdrang, versuchte das Bewusstsein immer wieder in die Finsternis des Nichtwahrnehmens zurück zu schlüpfen.

Es kostete Wesley erhebliche Mühe, seinen Verstand zum Wachbleiben zu bewegen.

Plötzlich fiel es ihm wie Schuppen von den Augen: Das Schwarze Loch, der blaugrelle Feuerschein, das schwinden der Sinne!

Er riss instinktive die Hände vor die Augen, obwohl nirgend wo ein blaugreller Feuerschein zu sehen war.

Eine Sinnestäuschung.

Langsam, langsam kehrte das Gefühl in seinen Körper zurück. Seine geschwollene Zunge stieß gegen etwas Hartes, Metallisches.

Nur wusste er nicht, was das war.

Ähnlich erging es den anderen Besatzungsmitgliedern. Sie erwachten langsam und schwerfällig aus dem tiefsten Bereich jener Halbwelt, deren einziger Eingang die Pforte zur Bewusstlosigkeit darstellte. In ihren Hirnen schien etwas zu zerreißen, ein Vorhang beiseitezuschieben - der Weg zur Erkenntnis.

Ihre Augen weiteten sich.

Der Vorhang riss auf und der Geist war wieder frei.

Sie waren gestorben, wiedergeboren innerhalb von zehntel Sekunden. Zurückgekehrt in eine Dimension, für die sie geschaffen waren. Aus der unfassbar großen, weitläufigen ausgedehnten Energiemasse wurden wieder materielle feste Körper, in denen sich jedes einzelne Atom genaustens einordnete.

Petras Augen standen zu ihren wirren grauen Haaren plötzlich in einem seltsamen Kontrast, weil ein freudiges Leuchten in ihnen aufkam. Sie hatte nie geglaubt, dass sie dem Tod geweiht waren.

Sie lebten! Ja, sie lebten!

Sie waren eine Lichtwoche vor einem flammendem Stern herausgekommen und befanden sich fast im Zentrum eines kugelförmigen Sternhaufens, der mehr als einhundertzehntausend Sonnen zählte.

Als Wesleys Augen wieder klarer sehen konnten, erblickte er auf dem Plasmabildschirm flimmernd und gleißend die Milliarden Welten eines fremden Universums. Im Vordergrund leuchtete düster und flackernd eine rot-gelbe Sonne. Sie bedeckte das halbe Blickfeld.

In der Hinsicht schien sich überhaupt nichts von dem ihnen bisher bekannten Raum zu unterscheiden, nur waren die gewohnten Sternbilder verschwunden.

Sie lebten einst auf einem Planeten, Tausende von Lichtjahre von hier entfernt, ja, Millionen von Lichtjahren … und jetzt?

Die kaum erkennbare Silhouette des Raumschiffes, mit dem im grünlichen Licht glühenden wulstigen Ring glitt als Schatten vor dem riesigen Weißen Loch durch das riesige Sternenfeld. Sie befanden sich in einem völlig anderen Raum-Zeit-Gefüge, in dem es einen völlig anderen unbegreiflichen Zeitablauf geben würde.

Sie waren kurzzeitig in einer immateriellen Welt, Geist ohne Materie gewesen, die von der kosmischen Energie existierte, die aus der Tiefe des Universums kam.

Hinter dem Kugelraumer durchzogen plötzlich schwarze schattenhafte Schwaden das Weiße Loch.

Kaltes Entsetzen packte Wesley. Er wusste genau, was da jetzt auf sie zukommen würde. Ohne ein Wort darüber zu verlieren drückte er den Beschleunigungshebel bis an den Anschlag.

Ein Ruck schien durch das Sternenschiff zu gehen und schoss wie ein Pfeil von einer Sehne geschnellt davon. Mit zunehmender Geschwindigkeit entfernte es sich aus der Nähe des Weißen Loches.

Größer und größer wurde der Abstand.

Mit aller Macht schossen die grünlichen Lichtquanten aus den 36 Antriebsdüsen im wulstigen Ring des Kugelraumers und trieben diesen mit voller Kraft davon.

Noch rechtzeitig.

Hinter dem Raumschiff begann sich das Weiße Loch in ein Schwarzes zu verwandeln. Die tunnelartige Verbindung, die Brücke zwischen den zwei weit voneinander liegenden Raumbereichen, das Schlupfloch zwischen dem Schwarzen und dem Weißen Loch stürzte zusammen.

In der Umgebung des Weißen Loches hatte sich so viel von der ausgespienen Materie angesammelt, dass sie förmlich erstickte. Die Masse der Materie wirkte gravitativ, wurde immer mehr und verwandelte den Antihorizont in einen Ereignishorizont.

Durch den unheimlich hohen Verbrauch der Eigenenergie durch das Weiße Loch aus dem förmlich die Energie nur so „sprudelte", brach dieses innerhalb kurzer Zeit in ein Schwarzes Loch zusammen.

Deutlich war das Geräusch der Triebwerke zu hören, die immer schneller die Tachyonen in den Raum hinausschleuderten.

Befriedigt starrte Wesley auf den Geschwindigkeitsanzeiger, wo nacheinander die Zahlen 95 ..., 96 ..., 97 ...,98 ... auftauchten und anzeigten, wie viel Prozent der Lichtgeschwindigkeit das Raumschiff bereits erreicht hatte.

100 ..., 102 ..., 103 ...

Nach kurzer Zeit hatte der Kugelraumer die Grenze zur Lichtgeschwindigkeit überwunden und raste hinein in eine unbekannte Dimension, einen Überraum, ein parallel Universum, egal was für ein Gefüge des Multiversums es war.

Multiversum - was ist das genau?

Kann sich hinter einem Universum ein weiteres Universum befinden?

Wenn ja, welche physikalischen Gesetze würden dort gelten?

Habe sie ihre eigenen Bedingungen und Eigenheiten?

Oder sind Multiversen, gar eine blubbernde Vielzahl von Quantenwelten?

Fragen über Fragen!

Fakt ist, dass der Kosmos sich unmittelbar nach seiner Entstehung exponentiell ausdehnte. Dadurch könnte eine unüberschaubarere Zahl von Universen entstanden sein, die parallel neben einander existieren.

Der Weltraum könnte eine gewaltigere Struktur haben, als je ein Mensch ahnt, so auch Parallelwelten außerhalb des Bekannten.

Nur weg von diesem Monsterloch.

Das Weiße Loch hatte sich in kurzer Zeit in ein Schwarzes verwandelt. Der Ereignishorizont erschien von außen als visuell schwarzes durchsichtiges Objekt, in dessen Nähe der dahinterliegende Raum wie durch eine optische Linse verzerrt zu sehen war. Ein Plasmastrahl aus ionisierten Gasen schoss aus der Mitte des Schwarzen Loches weit hinaus ins All.

Sterne und Nebel begannen sich in Richtung der beginnenden kosmischen Desaster immer schneller zu bewegen und wurden in den Strudel hinein gerissen, der um das Loch kreiste.

Rund um das neu entstandene Schwarze Loch leuchteten klar die Sterne einer ihnen unbekannten Welt.

Mühelos war der Weltraumkreuzer den Gravitationskräften entkommen, die sich mit der Entstehung des Schwarzen Loches immer stärker entwickelten.

Auf dem Plasmabildschirm, in der Kommandozentrale verfolgte die Besatzung des Weltraumkreuzers das bizarre

Naturschauspiel, das sich ihren Augen da bot. Sie konnten es immer noch nicht begreifen, was mit ihnen passierte.

Petra saß da und sagte mit kleinlauter Stimme: „Das ist mir alles zu hoch?" Sie schüttelte dabei ihren Kopf.

„Vielleicht bilden die Schwarzen und die Weißen Löcher irgendeine dialektische Einheit", antwortete Peer Weick.

„Ich habe dafür eine ganz andere Erklärung", mischte sich Wesley in das Gespräch der beiden ein. „Stellt euch nicht nur einen Trichter vor, sondern zwei Trichter, deren Verjüngung durch ein Rohr verbunden ist. Das Ganze funktioniert wie ein Perpetuum mobile."

„Du willst also sagen, was an der einen Seite eintritt, tritt an der anderen wieder aus. Ich halte das für eine wilde Idee", äußerte sich Peer Weick mit skeptischen Unterton in der Stimme. „Nein, mein Freund du nimmst mich nicht auf die Schippe. Das kaufe ich dir nicht ab. So einen verrückten Gedanken kannst noch nicht mal du haben?"

„Ich will dich nicht auf die Schippe nehmen" antwortete Wesley. „Und so verrückt ist der Gedanke auch nicht. Unser ganzes bisheriges Wissen läuft darauf hinaus, das Leben ein nicht umkehrbarer Prozess ist. Wenn ein Lebewesen einmal desintrigiert ist, kann es nicht nagelneu zurück kommen."

„Da gebe ich Welf recht. Ich merke, man darf bei der ganzen Sache eben keine irdischen Maßstäbe ansetzen" meinte Sörensen. „Seht mich oder euch doch einmal an. Sind wir nicht das beste Beispiel dafür?"

„Na endlich, das meine ich doch schon die ganze Zeit", bekräftigt Wesley mit zufriedener Stimme Sörensens Feststellung.

Nur ab und zu zog eine Dunkelmateriewolke über das kosmische Firmament; die Spiralnebel, die eben alles in milchigen Dunst gehüllt hatten, begannen sich zusehends zu lichten. Das Schwarze Loch versank in der Unendlichkeit des Universums.

Die Kommandozentrale im Zentrum des Kugelraumers lag im Dunkeln. Nur die Streifen von Leuchtdioden sandten einen matten, vielfarbigen Schein aus. Leuchtzeichen blinkten auf den zahlreichen Mess- und computergesteuerter Regelautomaten.

Aufatmend lehnte sich Wesley in seinem Sessel zurück. Ein paar Minuten lang saß er mit geschlossenen Augen da und versuchte, an nichts zu denken. Nur runterkommen wollte er, von dem soeben Erlebtem.

Er fühlte wie sich sein Körper langsam und wohlig entspannte.

Aber mit der Wärme, die von den Füßen her in ihm emporstieg, kam eine bleierne Schwere.

Nur nicht einschlafen?

Dann musste er aber doch eingenickt sein.

Irgendetwas ließ in aufschrecken. Er rieb kurz die Augen und schaute auf den Plasmabildschirm und konnte nicht glauben, was er da zu sehen bekam.

Fliegende Sonnen!

Ja, fliegende Sonnen, die zusammenstießen, ohne zu explodieren.

Mit den Worten: „Seht euch das mal an“, weckte er die Aufmerksamkeit der anderen.

Diese schauten zum Plasmabildschirm hin und verfolgten mit wachsender Spannung was sie dort zu sehen bekamen.

Eine Sonne schob sich über die andere. Sie jagten miteinander dahin, ohne sich zu vermischen, ohne sich aufzulösen, ohne nach dem schrecklichen Zusammenprall zu entbrennen.

„Das glaube ich einfach nicht, was da vor sich geht. Ist das Realität oder spielt uns unser Verstand wieder einen Streich?“ kam es erstaunt über Sörensens Lippen.

Die Sonnen verloren nicht einmal ihre Kugelform. Die eine war mit Protuberanzen gespickt, wie Feuerschlangen.

Die andere flog in einer Korona, einem Lichterglanz, einem durchsichtigen zarten Halo. Und keine der Protuberanzen veränderte sich, als die Sonne durch die Sonne jagte, so kapriziös wie vorher wanden sie sich, brachen hervor, flammten auf und verblassten.

Und das Halo der zweiten Sonne trübte sich nur ein wenig in der Helligkeit des ersten Gestirns.

Verschwand aber nicht.

„Unser Verstand spielt uns keinen Streich. Wir befinden uns in einem unermesslichen System, wo wahrscheinlich alles anders ist, wie dort wo wir herkommen."

Die Sonne war durch eine Sonne gegangen, und entfernten sie sich voneinander. Sie waren zusammengestoßen und doch nicht zusammengestoßen. Die unvermeidliche, unabwendbare Explosion hatte nicht stattgefunden.

„Ich versteh das einfach nicht."

Wesley hatte Petras dahin gemurmelte Worte verstanden und sagte: „Das ist auch nicht zu verstehen, es übersteigt unseren Horizont, so wie für die Ameisen die Möbiusschleife. Sie würden sich totlaufen bei dem Versuch, die zweite Oberfläche dieses paradoxen Gebildes zu finden."

„Was werden wohl noch für Abstrusitäten auf uns zukommen?"

„Wir können die Dinge nur auf uns zukommen lassen. Ich habe keine Ahnung."

Die plötzliche Stille, die in der Kommandozentrale eintrat, wirkte beklemmend.

Das Sternenschiff, ein bläulich schimmernder kugelförmiger Riese durchpflügte die unendliche Weite einer

Parallelwelt, aus der es kein Zurück mehr in die Heimatgalaxie mit dem blauen Planeten Erde gab.

Sie waren in einem von der unübersehbaren Zahl von Universen mit unterschiedlichen physikalischen Realitäten, die seit dem Urknall entstanden, gestrandet. Nicht nur Wesley, sondern auch die anderen hatten dabei völlig ihr Zeitgefühl verloren.

Waren es Wochen, Monate oder gar schon Jahre her wo sie ein Weißes Loch, ein Mini-Urknall, welcher sämtliche Materie und Licht abstößt, in eine für sie völlig unbekannte Welt ausspuckte?

Oder waren sie in der Vergangenheit gestrandet?

Vermutungen wurden angestellt, Hypothesen aufgestellt. Sie fanden keine plausible Antwort darüber, was mit ihnen geschehen war.

Eine geräuschlose Stille herrschte in der Kommandozentrale. Nichts schien im Moment bei dem lautlos arbeitenden Steuerautomaten auf ein lebendes Wesen hinzuweisen.

Sinnestäuschung oder Realität.

Unerwartet oszillierten Laute, eine folge hoher Töne, durch das dämmrige Dunkel des kreisrunden Raumes.

Von wegen kein lebendes Wesen. Bewegung kam in die bisher regungslos, in den Sesseln sitzenden Gestalten.

„Was ist das?" klang die überrascht klingende Stimme einer Frau aus dem Halbdunkel des Raumes.

„Ich weiß es nicht", kam sofort von Wesley die Antwort. „Kann es euch aber in wenigen Minuten mit Sicherheit sagen."

Die scheinbare Leere und nachtschwarze Öde verwandelte sich in eine Geräuschkulisse aus hohen Töne, Piepen, Knallen, Pfeifen und Summen, das durch die Kommandozentrale zu schweben schien.

Es waren die Ortungsgeräte, die auf die Sprache des Universums reagierten. Sie gaben wieder, was sie da zu hören bekamen.

„Ich habe immer gedacht, dass der Weltraum stumm sei, aber da muss ich mich wohl getäuscht haben", meinte Peer Weick.

„Wo kommt das her?" stellte Petra erneut eine Frage, dabei schwang eine gewisse Ungeduld in ihrer wohlklingenden Altstimme.

„Es ist das stete modulierte Wimmern geduldiger Quasare, dass dissonante Knistern Schwarzer Löcher und das gewaltige Dröhnen unsichtbarer Pulsare - all diese Stimmen vereinen sich zu einem himmlischen Chor von erstaunlicher Komplexität und beeindruckendem Rhythmus."

„Dein Wissen ist ja richtig beängstigend, du Schlaumeier".

„Das ist aber noch nicht alles. Vom weißen Zwerg bis zum roten Riesen gibt jede Sonne ihren eigenen individuellen Laut von sich, ein Knistern, Zischeln und Knallen".

„So wie Tiere ihre besondere Duftmarke oder die Blumen ihre bestimmte Farbe haben", philosophiert Sörensen.

„Das hast du richtig erkannt."

Bei dem Gespräch war wieder einmal deutlich zutage getreten, welch ein Wissensumfang Wesley besaß.

Keiner von der Besatzung wunderte sich mehr darüber. Sie wussten, dass dies nicht von ungefähr kam.

Die Technik des Kugelraumers, die einst mit Außerirdischen die unendliche Weite des Universums auf der Suche nach der Erde durchquerte, hatte dies bei Wesley bewerkstelligt.

Im Verhältnis zu dem faszinierenden Rhythmus ertönte in diesem Moment aus dem Zentrum des Universums ein zyklopischer Laut.

Deutlich zeichnete sich auf dem Plasmabildschirm, in dem vor ihnen befindlichen Sternenhaufen eine schwebende Masse ab. Sie schummerte zu trüb, um einen Stern abzugeben, auf der anderen Seite war sie zu groß, um einen Planeten darzustellen.

Fassungslos starrte die Besatzung auf den Plasmabildschirm und versuchte, das Geschehene zu begreifen.

Erst mit Wesleys Worten: „Das ist ein brauner Zwerg", verschwand die Anspannung, Ungewissheit und Unsicherheit die, die Stimmung in der Kommandozentrale beherrschte.

Wegen des ständigen Einfalls von Staub und Meteoriten rotierte der braune Zwerg vor ihnen schnell und brodelte. In der unteren Atmosphäre formierten sich halb feste Platten *kühlen* Materials. Gaseruptionen bliesen die flachen Batzen kohlensäurehaltiger Schlacke wie ein Geysir in die Höhe. Trudelten dann wie Wurfscheiben zurück ins Sieden des Glutkessels. Begleitet vom grellen Aufflammen entblößten Magmas, wenn eine solche Platte emporflog.

Das Raumschiff ließ rechts von sich, in einem sicheren Abstand, den bizarre Himmelskörper liegen und fiel mit Überlichtgeschwindigkeit antriebslos durch eine mit funkelnden Sternen übersäten fremden Welt.

In das Nichts der Unendlichkeit.

Große und kleine Himmelskörper kreuzten die Flugbahn. Der präzise arbeitende Bordcomputer errechnete blitzschnell notwendige Ausweichmanöver und verhinderte jegliche Kollision.

Ungetrübt schweifte Wesleys Blick über die Pracht von Millionen Sternen. Nur anhand der Instrumente konnte die Geschwindigkeit festgestellt werden mit der der Kugelraumer wie von Geisterhand gelenkt einer ungewissen Zukunft entgegen raste.

Das funkelnde Licht unvorstellbar weit entfernter Sterne und Spiralnebel reflektierte sich auf dem kugelförmigem, bläulich schimmernden Metallkörper, der durch die unermessliche Wüste des interstellaren Raumes zu schweben schien.

In der Kommandozentrale waren Wesley und Sörensen vertieft in das faszinierende Bild, den samtschwarzen Kosmos mit den fernen Galaxien, die wie unerreichbare Nebelflecken aussahen. Das endlose, düstere menschenleere Weltall, das voller Sterne war, die wie Brillanten glitzernd faszinierten und damit immer wieder die Menschen lockte.

Die beiden waren so versunken in die Betrachtung der Sternenwelt, dass ihnen entging, wie sich Petra Schneider und Peer Weick zu ihnen gesellten.

Leises Summen füllt die Stille der Kommandozentrale, das Blinken der Instrumentenbeleuchtung spiegelte sich auf den gespannten Gesichtern der Besatzungsmitglieder wieder, die in diesem Moment ihren eigenen Gedanken nachhingen.

Sterne - starr, kalt und größer als gewöhnlich leuchteten im nicht flimmernden Licht, in der Schwärze des Weltalls.

Einer der vielen Sterne vor dem Raumschiff verwandelte sich in einen scharf umrissenen Feuerball.

Größer und größer wurde der Ball, der gelbleuchtende Himmelskörper in Flugrichtung.

In unmittelbarer Nähe des Feuerballs ein winziges hellblaues Pünktchen in der Öde des Universums. Ein winziges Sandkorn in der Weite des Weltraums, eine Insel inmitten des leeren, feindlichen Nichts.

Ein großartiges Schauspiel, das sich den vieren nach ihrer Reise durch Raum und Zeit hier in der Sterneneinsamkeit darbot.

Spürbares Vibrieren ging durch den gigantischen Raumer.

Plötzlich knackende Geräusche.

Bisher dunkle Leuchtionen blinkten im prächtigen Farbenspiel.

Flimmernde Kurven zuckten über grünliche fluoreszierende Bildschirme.

Welf Wesley, die Ruhe in Person erklärte: „Habe das Flugprogramm geändert und den Kurs eingegeben für den Anflug auf das vor uns liegende Sonnensystem. Irgendwie kommt es mir bekannt vor."

„Wie bekannt vor?" wollte Sörensen wissen.

„Na, bekannt vor?"

„Red schon Welf."

„Ich habe so ein komisches Gefühl und wenn ich nicht genau wüste, dass wir uns in einer anderen Welt befinden, würde ich sagen, es sieht ganz nach unserem heimatlichen Sonnensystem aus."

„Willst du uns veralbern. Das kann doch nicht wahr sein."

„Wir werden sehen."

Die automatische Steuerung funktionierte störungsfrei und verlangsamte kontinuierlich den Flug des Weltraumkreuzers. Sie näherten sich einem Sonnensystem das acht Planeten mit den dazugehörigen diversen Monden, Tausende Asteroiden, Meteoriten und Kometen zu besitzen schien.

Im Zentrum des Sonnensystems schwebte ein hellrot glühender Ball. Mit seiner Gravitationskraft hatte er all die großen, kleinen und winzigen Körper des Systems in seinen Bann gezogen und sie umkreisten das leuchtende Zentralgestirn auf elliptischen Flugbahnen in unterschiedlichen Entfernungen.

Und mitten drin ein *Trümmergürtel*, eine Region, die Millionen von Felskörpern beherbergte.

Überall kleinste Gas- und Staubteilchen.

Interplanetarer Staub.

„Hat die gehäufte Ansammlung von Asteroiden dort zwischen den beiden Planetenbahnen nicht eine verdammte

Ähnlichkeit mit dem Asteroidengürtel unseres Sonnensystems?"

„Welf, du kannst recht haben", antworte Sven Sörensen.

„Wirklich, wenn ich es nicht anders wüsste, könnte das unsere Sonne sein, und dort kann ich bereits drei, nein vier Planeten erkennen. Einer von ihnen hat einen Ring", man konnte deutlich die Euphorie spüren, die aus Wesleys Worten klang.

Die immer häufigeren Bremsmanöver verlangsamten den Flug des Kugelraumers. In einer riesigen Parabel umflogen sie die Sonne. Nutzten ihre Gravitation als zusätzliche Bremswirkung, indem sie dicht an ihr vorbeiflogen, um dann wieder von ihr fortzustreben.

„Und dort ein Planet mit seinen Monden. Sieht ganz wie der Jupiter aus", meinte Sörensen.

„Gleich wird ein roter Planet auftauchen, der dem Mars stark ähnelnd", bemerkte Wesley lakonisch.

„Ja, ja, der Mars, das glaubst aber auch nur du", spöttelte Petra.

„Die Erde …, aber wo ist dann die Erde?" aufgeregt fragend blickte Peer Weick dabei Wesley an.

Der blieb diesmal keine Antwort schuldig: „Wenn ich recht behalte, überquert die Sonne gerade die Bahn der Erde und folgt ihr nach einer gewaltigen Kurve. Deswegen ist sie nicht zu sehen."

„Ich begreif das nicht … Vielleicht ist es ja auch nur ein Spiegelbild aus der Welt, woher wir kommen", mit Bestürzung kamen die Worte über Petras Lippen.

„Wir werden es schon noch erfahren", beruhigt Wesley die Gemüter.

Und Wesley sollte recht behalten.

Hinter der feurigen Kugel, die mal mehr, mal weniger fast schwarz aussehende Flecken zu haben schien, tauchte ein Ball im kräftigen Blau auf.

Ein Planet war es, der geheimnisvoll leuchtend dahin glitt. Durch die umgebende Atmosphäre erschien er wie eine Kugel unter Glas, umgeben von einem pastellfarbenem hauchdünnem Schleier. Dieser wurde allmählich dunkler, kräftiger in der Farbe, wechselte ins Cyanblau, Indigo, Violett und verlor sich in der Schwärze des Weltalls.

„Da ist sie", triumphierte Wesley.

„Wer?" kam es wie im Chor aus aller Munde.

„Na, die Erde!"

Aufgeregt redeten die Besatzungsmitglieder beim Anblick des angeblichen Heimatplaneten durcheinander.

Die Krümmung des blauen Planeten zeichnete sich deutlich gegen die Schwärze des Weltraumes ab. Man konnte einzelne Kontinente überblicken, die riesige Wassermassen umspülten.

Eine faszinierende und unheimliche Sicht auf den Planeten.

„Wann das nicht die Erde ist, dann fresse ich einen Besen." Mit diesen Worten kniff Wesley die Augen zusammen und blinzelte in die helle, weiße Sonne, um dann wieder sinnend den blauen Globus zu betrachten. Unübersehbare Gebirge, Urwälder und Steppenlandschaften glitten unter ihnen dahin. Zahlreiche Flüsse durchquerten die weiten Ebenen. Die riesigen Flächen der Ozeane, mit leuchtender Tiefsee, zeugten vom ungeheuren Wasserreichtum.

Peer Weick der sich die ganze Zeit bei den geäußerten Vermutungen Erde oder nicht Erde in seiner Haut nicht wohlgefühlt hatte, atmete erleichtert mit den Worten: „Das ist sie" auf.

„Habe ich doch gesagt, aber ihr wolltet mir ja nicht glauben. Übrigens der Besen kann in der Ecke bleiben."

Alle 90 Minuten umrundete der Kugelraumer den Planeten, erlebte Sonnenaufgang und Untergang im Zeitraffer.

Ein unglaubliches Farbenspiel in nur wenigen Sekunden.

Sie überquerten die, vom Meer fast vollständig bedeckte Südhalbkugel. Ein Großteil der Kontinente waren hier durch Plattenbewegung nach Norden gewandert.

Beim Flug in die Nacht hinein vermittelte der Planet aufgrund seiner Lichtverhältnisse ein stimmungsvolles Bild.

Hell erleuchtete Großstädte, sichtbare Küstenlinien, flimmernde Polarlichter und riesige Wolkenberge zogen unter ihnen dahin.

Ein Gefühl der Ehrfurcht, ein tiefes Verstehen der Verbundenheit allen Lebens auf der Erde und ein neues Empfinden der Verantwortung für die Umwelt ergriff die Besatzung des Kugelraumers *Scout*.

Kaum vorstellbar, dass diese hellblaue Kugel ihre Heimat sein sollte.

„Geschafft! Wir haben es geschafft!" rief Sörensen in freudiger Erregung.

„Ja wir haben es geschafft", meinte Wesley. „Aber es ist nicht unsere Erde, wie wir sie kennen. Hat sie nicht kurz vor ihrer Vernichtung gestanden, als wir sie fluchtartig verließen. Davon ist nichts zu sehen."

„Dann ist sie eben der Zwillingsbruder der Erde", legte Sörensen fest.

„Das kann schon sein, denn welche Erkenntnisse besitzen wir denn schon von den grenzenlosen Möglichkeiten, die die Unendlichkeit des Alls uns Menschen bieten kann? Die Welt ist erkennbar und dem Denken der Menschen sind keine Grenzen gesetzt", antworte Welf Wesley.

Mit einer Restfahrt vom 10 km/sec berührte der Kugelraumer die ersten Gasmoleküle der Atmosphäre des Planeten. Der wulstige Ring glühte im grünlichen Licht, als die abgestrahlten Lichtquanten die obere Luftschicht trafen.

In zwölf Kilometer Höhe zog der Kugelraumer *Scout*, der aus der Sterneneinsamkeit kam, seine Bahn um den

Himmelskörper, der ihren Heimatplaneten Erde verdammt
ähnlich sah.
    Der Erde!

Das Universum ist die Gesamtheit des Seienden, es umfasst die Gesamtheit der physikalischen Welt: Materie in Raum und Zeit, Entwicklungen und Wirkungen, die stattfinden, ob wir es wollen oder nicht, ob wir existieren oder nicht.

Newton hat kurz vor seinem Tode Folgendes niedergeschrieben:

„Ich weiß nicht, wie ich der Welt erscheinen mag, aber mir selber komme ich nur wie ein Junge vor, der am Meeresstrand spielt und sich darüber freut, dass er ab und zu ein ungewöhnlich buntes Steinchen oder eine rote Muschel findet, während sich der große Ozean der Wahrheit in seiner unermesslichen Unerforschtheit vor ihm ausdehnt.“

Akkretionsscheibe — ist eine um ein zentrales Objekt rotierende Scheibe, die Materie in Richtung des Zentrums transportiert. Sie kann aus atomarem Gas, verschieden ionisiertem Gasen (Plasma) oder interstellarem Staub bestehen.

AMG — Anti-Masse-Generator

approximativ — annähernd, ungefähr, etwa, nicht ganz exakt,

Baustoff des Universums — chemische Elemente der Erde. Atome, Protonen, Neutronen und Elektronen sind feinste Teilchen der Stoffe des gesamten Weltalls.

desintrigiert — aus dem Bezug auf ein Ganzes lösen, auflösen einer Integration zuwiderlaufen, eine Integration nicht vollziehen, sie behindern, verhindern.

Erdähnliche Planeten — im Milchstraßensystem rund eine Million bis eine Milliarde Planeten auf denen menschenähnliche Lebewesen existieren.

Galaktische Jets — riesige Gasstrahlen, die in der Nähe der zentralen massereichen Schwarzen Löcher innerhalb von Galaxien freigesetzt werden.

Galaxien — eine durch Gravitation gebundene große Ansammlung von

139

	Sternen, Planetensystemen, Gasnebeln, Staubwolken, Dunkler Materie und sonstigen astronomischen Objekten. Ihr Durchmesser kann mehrere Hunderttausend Lichtjahre betragen.
Gravitativ	durch Gravitation, Schwerkraft, unter Einfluss von Gravitation
hyperbolisch	übertreibend
Hyperemissionen	Die terranische Interpretation der Hyperenergie basiert einerseits auf dem normal-physikalischen Verständnis von Energie, andererseits auf der Definition der Arkoniden als einer *Energie mit hyper-physikalischem Vorzeichen.*
Hyperspace	wo weder Raum noch Zeit existiert.
Hyperraum	auch Dunkelraum genannt, ist eine andere Dimension des bekannten Raumes, in der sich Objekte mit Überlichtgeschwindigkeit bewegen können.
Jets	Flugzeuge, Schwarze Löcher stoßen auch Jets aus haben aber nichts mit Flugzeugen zu tun.
km	Kilometer
km/h	Kilometer pro Stunde
km/sec	Kilometer pro Sekunde
Kugelsternhaufen M22	Hellster von Europa aus sichtbarere Kugelsternhaufen. Seine

Form gleicht einer Ellipse.
Diese riesige Sternenansamm-
lung im Sternbild Schütze ist in
Richtung des Zentrums der
Milchstraße positioniert.

Lichtgeschwindigkeit   rund 300.000 km/sec.
Lichtjahr   Entfernung die das Licht in ei-
                        nem Jahr zurück legt rund 10
                        Billionen Kilometer.
Lichtmauer   Um schneller als Licht fliegen
                        zu können, benötigt man einen
                        speziellen Antrieb, der einen
                        Sprung durch die Lichtmauer
                        ermöglicht. In der Realität be-
                        steht der in der modernen Phy-
                        sik gängigen Relativitätstheorie
                        von Albert Einstein nicht die
                        Möglichkeit, sich schneller als
                        das Licht zu bewegen. Der
                        Überlichtschnelle Raumflug ist
                        normalerweise nur möglich,
                        wenn der Normalraum verlas-
                        sen wird.

Metaphysisch   erfassen dessen, was hinter der
                        natürlichen Welt liegt um das
                        Sein zu erklären Existenz von
                        Gottheiten, Leben nach dem
                        Tod).
Milchstraßensystem   riesige etwa linsenförmige
                        Sterneninsel im Weltall, deren
                        Sternenscheibe sich auf über
                        rund 120.000 Lichtjahre er-
                        streckt. Sie enthält mindestens
                        400 Milliarden Sonnenmassen.

	10% davon umkreisen Planeten.
Möbiusschleife	eine Fläche, die nur eine Kante und eine Seite hat. Sie ist nicht orientierbar, das heißt, man kann nicht zwischen unten und oben oder zwischen innen und außen unterscheiden.
m/s	Meter pro Sekunde
Nitrosen	ein Gasgemisch, das aus stickstoffhaltigen Gas, hauptsächlich aus Stickstoffmonoxid und Stickstoffdioxid besteht.
Novos ordo seclorum	„eine neue Ordnung der Zeitalter" eines der beiden Mottos auf der Rückseite des Siegels der Vereinigten Staaten.
Parsec	rund 3 Lichtjahre, es ist ein Kunstwort und setzt sich zusammen aus den Wörtern Parallaxe und Sekunden (31.000.000.000.000 km).
Pedant	So wird ein Mensch bezeichnet, der in übertriebener Weise genau, alle Dinge mit peinlich wirkender Exaktheit ausführt.
Perpetuum mobile	Ein einmal in Gang gesetztes Gerät, das ohne weitere Energiezufuhr ewig in Bewegung bleibt und dabei je nach zugrunde gelegter Definition möglicherweise auch noch Arbeit verrichtet.

Plasma	wird als vierter Aggregatzustand bezeichnet. Bei hoher Temperatur zerfallen die Atome in positive Ionen und negative Elektronen. Es ist ein vollständig oder teilweise ionisiertes Gas.
Plasma-Bildschirm	ein Farbbildschirm, der das verschiedenfarbige Licht mit Hilfe von Leuchtstoffen erzeugt, die durch das von Gasentladungen erzeugte Plasma angeregt werden.
Qubits	elementare Einheit der Quanteninformation. Es ist ein beliebig manipulierbares Zweizustands-Quantensystem, also ein System, das nur durch die Quantenmechanik korrekt beschrieben wird und das nur zwei, durch Messung sicher unterscheidbare Zustände hat.
Sulfiden	sind Salze der Schwefelwasserstoffsäure.
Singularität	das sind Orte, an denen die Gravitation so stark ist, dass die Krümmung der Raumzeit divergiert, also unendlich ist.
Skaphander	Weltraumanzug Schutzanzug, Kombination. Ein Anzug aus einem Stück mit einem Helm.
Sternenentfernung	Lichtjahre oder Parsek

Tachyonen	Teilchen die sich mit Überlichtgeschwindigkeit bewegen, jenseits der Lichtmauer.
Ufo	unidentifiziertes, unbekanntes Flugobjekt. Ursprünglicher Begriff für Fliegende Untertasse.
Unbegrenzt	die verhängnisvolle Unvollkommenheit des irdischen Dings, dem eine innere Grenze zu fehlen scheint. Unter bestimmten Aspekten zwar grenzenlos, aber dennoch einer Begrenzung unterworfen ist, als es sich den Grenzen, die ihm das eigene besondere Sein setzt, nicht entziehen kann.
Unendlich	es gibt nichts, das unendlich ist, außerdem, dass wir nirgendwo auf Grenzen stoßen. In diesem Sinne ist Gott unendlich. In Bezug auf das Unendliche gelangen wir schnell an unsere Vorstellungskraft. Uns fehlt der Bezug.
Zeitdilation	dass die Zeit in einem relativ zu einem Beobachter bewegten System verlangsamt wahrgenommen wird. Die Zeit wird also gedehnt. Wir sprechen von einer Zeitdehnung.

ERNST - ULRICH HAHMANN,
Oberstleutnant a.D.

geb. 1943 in Ellrich am Südharz, lebt in Bad Salzungen, Ausbildung als Dreher, danach Laufbahn eines Artillerieoffiziers. Während der Wendezeit Einsatz als Kreisgeschäftsführer beim DRK Bad Salzungen. Anschließend in hessischen und bayrischen Sicherheitsfirmen in unterschiedlichen Funktionen tätig.

Zwei Mal verheiratet. Verwitwet. Drei Kinder.

Während der Armeezeit Artikel für militär-technische und militär-wissenschaftliche Zeitschriften geschrieben sowie eine Dokumentation über das Leben und Wirken des Arbeiterführers Franz Jacob.

Nach der Wende Fernstudium *„Schule des Großen Schreibens"* an der Axel Andersson Akademie in Hamburg.

Jetzt im Ruhestand. Geht seinen Hobbys nach. Schreibt jeden Tag mindestens eine Stunde und geht regelmäßig ins Fitness Studio.

Mitglied des Literaturkreises Bad Salzungen.

Veröffentlichungen:
* *Das alte Salzungen - Sagen einer Stadt im Werratal*
* *Die Schnepfenburg - Bad Salzungen*
* *Die Ritter vom Frankenstein*
* *Die Gotteshäuser von Bad Salzungen*
* *Die Ritterburgen im Salzunger Land*
* *Das alte Ellrich - Sagen einer Südharzstadt*
* *Die wilde Horde*
* *Mit neunzehn im Kessel von Stalingrad*
* *Der Weg in die Hölle - Stalingrad*
* *Unter der Knute Stalins*
* *Reiki - Heilende Hände (Co-Autor Edelweiß Knabe)*
* *Es gibt eine wunderbare Kraft ... (Co-Autor Edelweiß Knabe)*

* *Lausbuben - Geschichten und Erzählungen aus der Kinderzeit*
* *Buntes Allerlei*
* *Lyrisches- Eine Schubkastensammlung aus Poesie*
* *<u>Jörg Seedow - Ein Journalist auf Spurensuche:</u> 1. Band Der Leichenschänder / 2. Band Der Flüchtlinge*
* *<u>Welt der Heimatsagen:</u> Band1 Sagen und Geschichten aus dem Werratal / Band 2 Sagen und Geschichten aus dem Südharz-Vorland*
* *<u>Welf Wesley - Der Weltraumkadett:</u> Band 1 Die Feuertaufe / Band 2 Auf den Spuren der Außerirdischen / Band 3 In Weltall verschollen / Band 4 Zurück zur Erde*
* *<u>Todesursache: Vernichtung durch Arbeit:</u> Band 1 Kali-Werra-Revier und das KZ Buchenwald / Band 2 Außenkommandos des KZ Buchenwald im Kali-Werra-Revier / Band 3 Einsatz Kriegsgefangener und Fremdarbeiter im Kali-Werra-Revier/ Band 4 SS-Arbeitslager Erich / Band 5 SS-Arbeitsbrigade IV / Band 6 Die Erinnerung darf nicht sterben*
* *Die St. Johanniskirche in Ellrich - Höhen und Tiefen, Licht und Schatten eines evangelischen Gotteshauses.*

Band 1
ISBN 978 3 744855 82 2

Band 2
ISBN 978 3 746082 58 5

Band 3
ISBN 978 3 752887 87 7

Band 4
ISBN 978 3 750406 16 2